戦国ベースボール

忍者軍団参上！vs 琵琶湖シュリケンズ

りょくち真太・作
トリバタケハルノブ・絵

集英社みらい文庫

関東地域《かんとうちいき》

茨城県《いばらきけん》　水戸《みと》ナットーメン
栃木県《とちぎけん》　日光《にっこう》ショーグンズ
群馬県《ぐんまけん》　群馬《ぐんま》デジャネイロ
埼玉県《さいたまけん》　埼玉少年野球団《さいたましょうねんやきゅうだん》
千葉県《ちばけん》　浦安《うらやす》ネズミーズ
東東京《ひがしとうきょう》　浅草《あさくさ》スカイツリーズ
西東京《にしとうきょう》　大江戸《おおえど》ジャイアンツ
神奈川県《かながわけん》　鎌倉《かまくら》グッドカントリーズ
山梨県《やまなしけん》　甲府《こうふ》グレープス

北海道《ほっかいどう》

北北海道《きたほっかいどう》　蝦夷《えぞ》アンビシャス
南北海道《みなみほっかいどう》　札幌《さっぽろ》ブルーハーブス

東北地域《とうほくちいき》

青森県《あおもりけん》　津軽《つがる》アップルラバーズ
岩手県《いわてけん》　盛岡《もりおか》ワンコソバーズ
宮城県《みやぎけん》　仙台《せんだい》イクエー
秋田県《あきたけん》　秋田《あきた》ビューティーズ
山形県《やまがたけん》　蔵王《ざおう》チェリーズ
福島県《ふくしまけん》　会津《あいづ》ホワイトタイガース

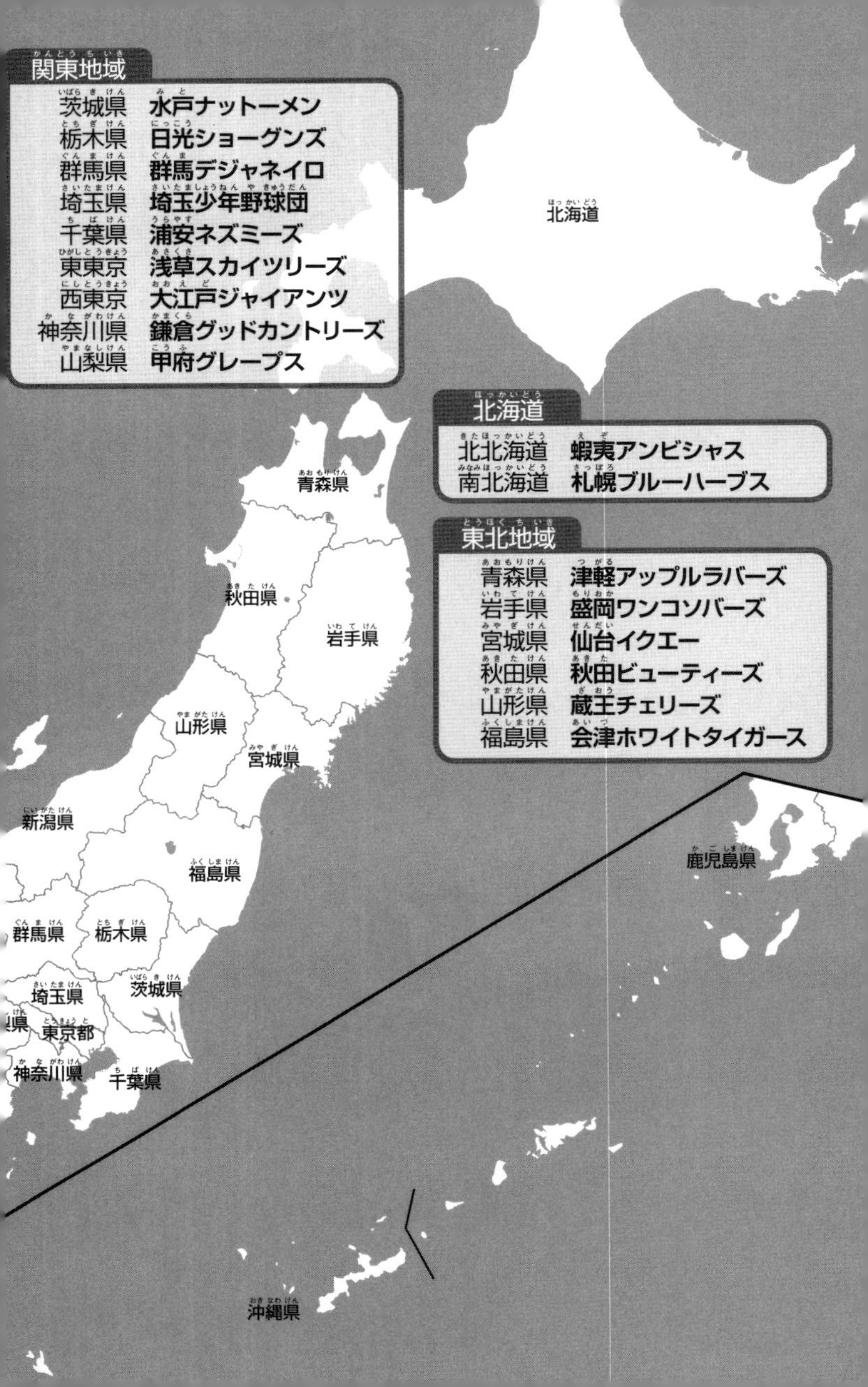

中国地域《ちゅうごくちいき》

鳥取県《とっとりけん》　米子《よなご》ゲゲゲ
島根県《しまねけん》　出雲《いずも》ヌードルス
岡山県《おかやまけん》　吉備《きび》ダンゴーズ
広島県《ひろしまけん》　安芸《あき》スリーアローズ
山口県《やまぐちけん》　巌流島《がんりゅうじま》ソードマスターズ

信越《しんえつ》・北陸地域《ほくりくちいき》

新潟県《にいがたけん》　越後《えちご》グレートライス
富山県《とやまけん》　越中《えっちゅう》イケイケガールズ
石川県《いしかわけん》　加賀《かが》ミリオンストーンズ
福井県《ふくいけん》　敦賀《つるが》ケヒー
長野県《ながのけん》　川中島《かわなかじま》サンダース

四国地域《しこくちいき》

徳島県《とくしまけん》　阿波《あわ》ダンサーズ
香川県《かがわけん》　小豆島《しょうどしま》オリーブス
愛媛県《えひめけん》　道後《どうご》ボッチャンズ
高知県《こうちけん》　幕末《ばくまつ》レッドスターズ

東海地域《とうかいちいき》

岐阜県《ぎふけん》　関ヶ原《せきがはら》ウォーランズ
静岡県《しずおかけん》　富士山《ふじさん》サファリパークス
愛知県《あいちけん》　桶狭間《おけはざま》ファルコンズ
三重県《みえけん》　伊勢《いせ》シュリンプス

九州《きゅうしゅう》・沖縄地域《おきなわちいき》

福岡県《ふくおかけん》　太宰府《だざいふ》ホークス
佐賀県《さがけん》　古代《こだい》サンライズ
長崎県《ながさきけん》　島原《しまばら》レジスタンス
熊本県《くまもとけん》　火国《ひのくに》ベアーズ
大分県《おおいたけん》　別府《べっぷ》オンセンズ
宮崎県《みやざきけん》　宮崎《みやざき》ドゲンカセントイカンズ
鹿児島県《かごしまけん》　奄美《あまみ》マングローブス
沖縄県《おきなわけん》　那覇《なは》シーサーズ

近畿地域《きんきちいき》

滋賀県《しがけん》　琵琶湖《びわこ》シュリケンズ
京都府《きょうとふ》　新撰組《しんせんぐみ》ガーディアンズ
大阪府《おおさかふ》　道頓堀《どうとんぼり》ダイバーズ
兵庫県《ひょうごけん》　赤穂《あこう》フォーティーセブン
奈良県《ならけん》　東大寺《とうだいじ》ビッグブッダーズ
和歌山県《わかやまけん》　南紀白浜《なんきしらはま》アドベンチャーズ

地獄甲子園代表《じごくこうしえんだいひょう》チーム

22世紀地獄枠《せいきじごくわく》　本能寺《ほんのうじ》ファイアーズ
22世紀地獄枠《せいきじごくわく》　世界《せかい》ワールドヒーローズ

桶狭間《おけはざま》ファルコンズ OKEHAZAMA Falcons

5番《ばん》・セカンド
十文字槍《じゅうもんじやり》の名手《めいしゅ》
真田幸村《さなだゆきむら》
1番《ばん》・センター
伝説《でんせつ》の女地頭《おんなじとう》
井伊直虎《いいなおとら》
2番《ばん》・ショート
折《お》れないチームプレー
毛利元就《もうりもとなり》
7番《ばん》・レフト
最強《さいきょう》のかぶき者《もの》
前田慶次《まえだけいじ》
8番《ばん》・サード
すて身《み》の独眼竜《どくがんりゅう》
伊達政宗《だてまさむね》
3番《ばん》・ライト
無敵《むてき》のバットコントロール
本多忠勝《ほんだただかつ》
補欠《ほけつ》
強肩好守《きょうけんこうしゅ》の猿《さる》
豊臣秀吉《とよとみひでよし》

琵琶湖《びわこ》シュリケンズ BIWAKO SHURIKENS

2番《ばん》・ショート
弾《だん》丸《がん》忍《にん》者《じゃ》
雑《さい》賀《か》孫《まご》市《いち》
6番《ばん》・ライト
伝《でん》説《せつ》のバットウーマン
望《もち》月《づき》千《ち》代《よ》女《め》
8番《ばん》・サード
鬼《おに》の怪《かい》力《りき》バッター
風《ふう》魔《ま》小《こ》太《た》郎《ろう》
5番《ばん》・セカンド
カエルにのる守《しゅ》備《び》職《しょく》人《にん》
児《じ》雷《らい》也《や》
9番《ばん》・ファースト
グランドの守《しゅ》護《ご》者《しゃ》
服《はっ》部《とり》半《はん》蔵《ぞう》
補《ほ》欠《けつ》 伊《い》賀《が》の祖《そ》
百《もも》地《ち》三《さん》太《だ》夫《ゆう》

戦国《せんごく》ベースボール

SENGOKU BASEBALL

忍《にん》者《じゃ》軍《ぐん》団《だん》参《さん》上《じょう》！vs琵《び》琶《わ》湖《こ》シュリケンズ

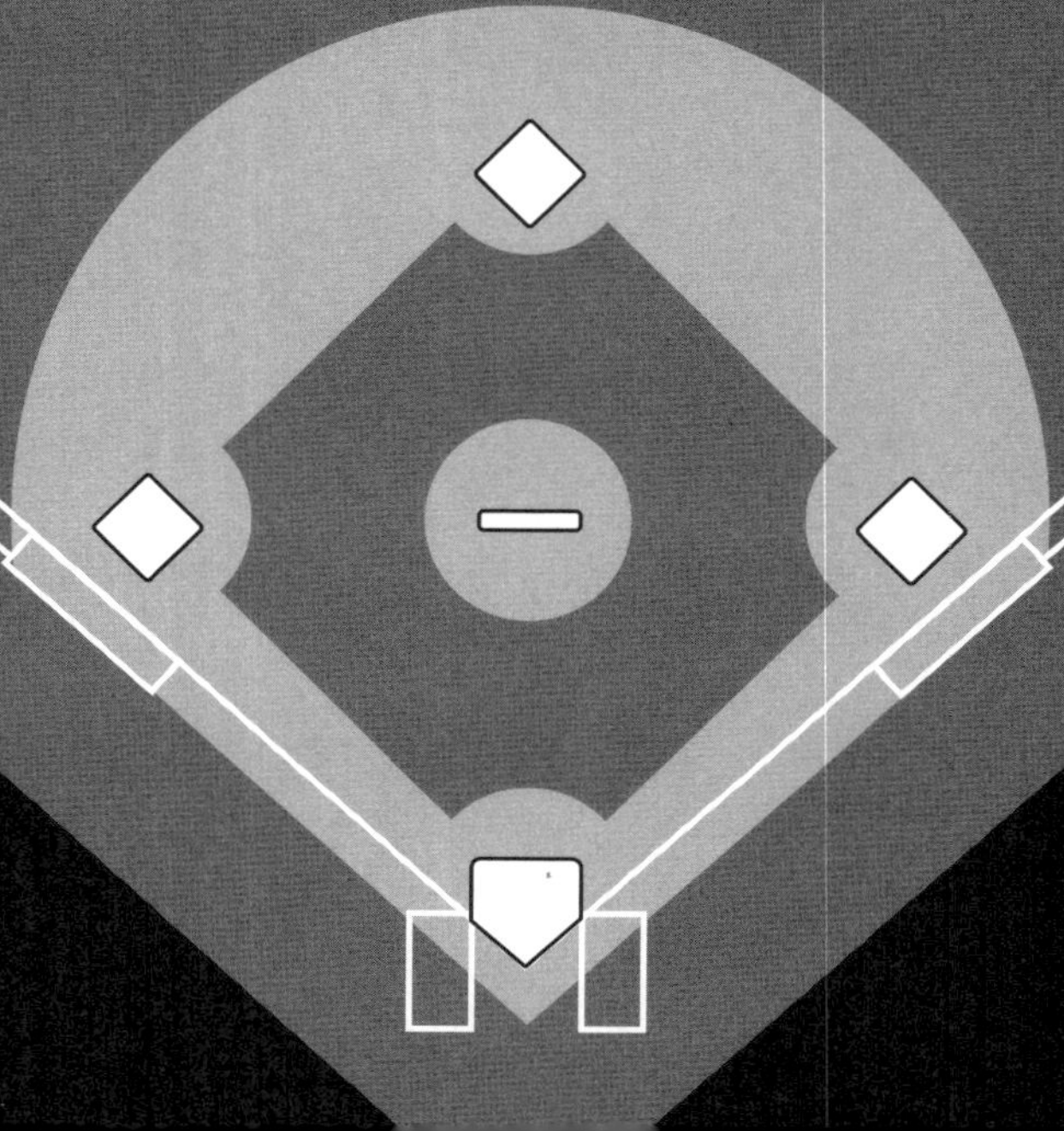

1章《しょう》　影《かげ》の軍団《ぐんだん》・琵琶湖《びわこ》シュリケンズ

2回戦屈指の好カード
戦国武将 VS 忍者

試合開始までもうしばらく
お待ちください

遠《とお》いむかし、戦国時代《せんごくじだい》。当時《とうじ》の日本《にほん》は乱《みだ》れていました。世《よ》の中《なか》を支配《しはい》していた幕府《ばくふ》の力《ちから》が弱《よわ》まっていたためです。

戦国武将《せんごくぶしょう》たちは、自分《じぶん》こそ平和《へいわ》な世《よ》をつくってみせる、と戦《いくさ》をくりかえしましたが、それはかえって民衆《みんしゅう》をくたくたにつかれさせていました。

やがて地上《ちじょう》はたくさんの犠牲《ぎせい》の上《うえ》に平定《へいてい》されますが、しかし戦国武将《せんごくぶしょう》たちは死《し》んで地獄《じごく》にいってしまっても、そこを安《やす》らぎのある場所《ばしょ》にする、といってあらそいをやめません。

でも、彼《かれ》らは現世《げんせ》で学《まな》びました。合戦《かっせん》では犠牲《ぎせい》を生《う》むだけ。

そこで戦国武将《せんごくぶしょう》たちは考《かんが》えます。せめて地獄《じごく》ではそれをなくしたい。同《おな》じ戦争《せんそう》でも、せめて平和的《へいわてき》にあらそいたいと。

そして地上《ちじょう》でおこなわれている、あるスポーツを見《み》て思《おも》いつきました。これなら平和《へいわ》を乱《みだ》さずに戦《いくさ》ができて、しかもおもしろそうだ。

そうして彼《かれ》らが選《えら》んだあらそいの手段《しゅだん》が、野球《やきゅう》でした。

地獄《じごく》

「これより千本《せんぼん》ノックじゃあ！」

と、織田信長《おだのぶなが》のすさまじい声《こえ》がひびきわたるここは、赤黒《あかぐろ》い空《そら》にどんよりした雲《くも》がうかぶ、地獄《じごく》の一丁目《いっちょうめ》スタジアム。地獄《じごく》の野球《やきゅう》チーム、桶狭間《おけはざま》ファルコンズの本拠地《ほんきょち》です。

「信長《のぶなが》どのの指令《しれい》じゃ！」

「いそげ！」

カミナリのような信長《のぶなが》の声《こえ》はスタジアムの空気《くうき》をひきしめ、ファルコンズナインに緊張《きんちょう》をもたらしました。

バッティング練習《れんしゅう》をしていたみんなは、かけ足《あし》でベンチにもどっていきます。名《な》だたる戦国武将《せんごくぶしょう》を一声《ひとこえ》で統率《とうそつ》できるほど、信長《のぶなが》の声《こえ》は力《ちから》のあるものでした。

「信長《のぶなが》どの、いつにも増《ま》して気合《きあ》い満点《まんてん》でござるのう」

真田幸村《さなだゆきむら》はベンチでノックの準備《じゅんび》をしながら、素振《すぶ》りする信長《のぶなが》に目《め》をうつします。すると伊達政宗《だてまさむね》も、真田幸村《さなだゆきむら》と同じ《おな》方向《ほうこう》を見《み》ました。

「地獄甲子園《じごくこうしえん》の対戦相手《たいせんあいて》が今日《きょう》きまるからだろう。歴史《れきし》は我《われ》らの手《て》にかかっておるのだ。気《き》は抜《ぬ》けない」

そういって彼《かれ》はグラブを手《て》にはめながら、

「歴史《れきし》を変《か》えようとするチームに勝《か》ちつづけ、我《われ》らがいまの歴史《れきし》を守《まも》らねばならん。まったく超闇魔大王《ちょうえんまだいおう》の気《き》まぐれには困《こま》ったものだ」

やれやれとため息《いき》をはきだします。

ちなみに超闇魔大王《ちょうえんまだいおう》とは、地獄《じごく》どころかこの世《よ》のすべてを支配《しはい》するすさまじい力《ちから》の持《も》ち主《ぬし》。そしていま、地獄《じごく》はその超闇魔大王《ちょうえんまだいおう》が開催《かいさい》した地獄甲子園《じごくこうしえん》の真《ま》っ最中《さいちゅう》です。ファルコンズにとって負《ま》けられない試合《しあい》がつづきます。

なぜなら地獄甲子園《じごくこうしえん》の優勝《ゆうしょう》チームの主将《しゅしょう》に、『歴史《れきし》を変《か》える権利《けんり》』をあたえると、超闇《ちょうえん》魔大王《まだいおう》がいったからです。

そしてファルコンズは、そんな変《か》えられようとする歴史《れきし》を守《まも》るため、一致団結《いっちだんけつ》してたちあがりました。

「歴史《れきし》とは、みんなが少《すこ》しずつつくってきた、人間《にんげん》が生《い》きてきた証《あか》しでござる。なのに好《す》きな時代《じだい》へいって歴史《れきし》を変《か》えられるようにさせるとは……」

真田幸村《さなだゆきむら》はぐっと手《て》をにぎって真剣《しんけん》な顔《かお》をします。

「うむ。だからこそ負《ま》けられない。我《われ》らが勝《か》って、歴史《れきし》をもとのとおりに動《うご》かすのだ。信《のぶ》長《なが》どのの気合《きあ》いはそのためだろう。しかし……、だからといって、これほどのきびしい練《れん》習《しゅう》がつづけば、わがチームに死人《しにん》がでるかもしれぬな」

準備《じゅんび》を終《お》えた伊達政宗《だてまさむね》は冗談《じょうだん》をいいますが、

「一回《いっかい》死《し》んでる貴様《きさま》らが死《し》ぬか！　無駄話《むだばなし》はあとにせい！」

信長《のぶなが》の怒鳴《どな》り声《ごえ》で、肩《かた》をすくめてしまいます。

しかし、そんな中《なか》……。

「おお～い！　みなの者《もの》～！」

反対側《はんたいがわ》のベンチから、グランドを横切《よこぎ》るようにはしってくるサルのような人物《じんぶつ》がいました。彼《かれ》こそが豊臣秀吉《とよとみひでよし》。ファルコンズでいろいろな役割《やくわり》をこなす中心《ちゅうしん》メンバーです。

「どうした、ハゲネズミ」

信長《のぶなが》はバッターボックスでバットをかまえたまま、じろりと秀吉《ひでよし》を見《み》ます。

「はっ。地獄甲子園《じごくこうしえん》での、つぎの対戦相手《たいせんあいて》がきまりましてございます」

秀吉《ひでよし》は片方《かたほう》のひざを地面《じめん》について、信長《のぶなが》に報告《ほうこく》します。するとファルコンズの他《ほか》のメンバーも、ぞろぞろと集《あつ》まってきました。

「して、秀吉《ひでよし》どの。どこじゃ。そのチームは」

「そうじゃ。はやく申《もう》せ」

みんなが急《せ》きたてると、秀吉《ひでよし》はとくいそうな顔《かお》でまわりを見《み》まわしました。

「うむ。いまから教《おし》えてやるから、その耳《みみ》の穴《あな》かっぽじってよく聞《き》くがいい。つぎの対戦《たいせん》相手《あいて》は……」

と、秀吉《ひでよし》がいいかけたとき。

「ほう。忍者《にんじゃ》か……。ということは、対戦相手《たいせんあいて》は『琵琶湖《びわこ》シュリケンズ』じゃな」

と、信長《のぶなが》が秀吉《ひでよし》を見《み》たままいいました。

「え……。あ、そ、そのとおりでございます」

いいあてられた秀吉《ひでよし》は目《め》をまるくします。するとまわりのファルコンズメンバーは、「おおー」と、感心《かんしん》したように声《こえ》をあげました。

「忍者《にんじゃ》たちか……。手《て》ごわいぞ」

「ああ。ワシらの生《い》きていた時代《じだい》から、こまかい技《わざ》をとくいとしていた連中《れんちゅう》じゃ。あやしげな術《じゅつ》も使《つか》う。地獄甲子園《じごくこうしえん》二戦目《せんめ》から、やっかいな相手《あいて》とあたってしまったぞ。ゆだんしてはならぬ」

メンバーたちはざわざわと騒《さわ》ぎだします。でもわからないのは秀吉《ひでよし》でした。

「し、しかし、信長様《のぶながさま》」

秀吉《ひでよし》はきょとんとした顔《かお》のまま、信長《のぶなが》に声《こえ》をかけます。

「どうして対戦相手《たいせんあいて》がおわかりに？　ワシ、まだなにもいってないのに」

「フン。ハゲネズミよ。貴様《きさま》、もう少《すこ》しおちついて行動《こうどう》したらどうだ。うしろを見《み》てみろ」

「う、うしろを？」

いわれてふりむく秀吉《ひでよし》。でもそこにはなにもありません。ただ自分《じぶん》の影《かげ》が地面《じめん》にあるだけですが……。

『**ふふふ……。さすがは信長《のぶなが》。おれの忍術《にんじゅつ》を見抜《みぬ》くとはな**』

いきなり秀吉《ひでよし》の影《かげ》から声《こえ》がします。ファルコンズのみんなに、ピリッと緊張《きんちょう》がはしりました。

「な、なにやつ！」

秀吉《ひでよし》はうしろを見《み》ながらかまえます。

するとなんと影《かげ》の中《なか》からはまるで鳥《とり》が飛《と》びたつように、「とうっ！」と、ものすごい勢《いきお》いで、ひとが飛《と》びでてきました。

それはくるっと空中《くうちゅう》で一回転《いっかいてん》して地面《じめん》に着地《ちゃくち》すると、

「よう。生《い》きてたとき以来《いらい》だな。秀吉《ひでよし》さんよ。あいさつにきたぜ」

忍者装束《にんじゃしょうぞく》を着《き》た男《おとこ》が秀吉《ひでよし》の前《まえ》にたちました。ふといまゆげに不敵《ふてき》な笑《え》みをうかべ、秀吉《ひでよし》にあざわらうような表情《ひょうじょう》をむけています。

「お、おぬしは猿飛佐助《さるとびさすけ》！」

秀吉《ひでよし》は一歩《いっぽ》あとずさって、その忍者《にんじゃ》を指《ゆび》さしました。

「……そうか、佐助《さすけ》。おぬし、忍術《にんじゅつ》でワシの影《かげ》にかくれ、尾行《びこう》していたな！」

「ふっ。気《き》づかんとはマヌケなサルだぜ」

「おぬしだってサルそっくりではないか！」

「なに！　おまえのほうがもっとサルだ！　地獄《じごく》のみんなだって、そういってるもんねー！」

いいあうふたりに、

「だまれ。いま、貴様《きさま》らのサル度《ど》はどうでもいい」

信長《のぶなが》が低《ひく》い声《こえ》で口《くち》をはさみました。

「なんだよ、信長《のぶなが》。おれのあいさつが気《き》にいらなかったか」

「佐助《さすけ》よ。ハゲネズミの影《かげ》にまぎれこんだ忍術《にんじゅつ》はほめてやろう。しかしそれしきのことで、ワシらに野球《やきゅう》で勝《か》てるとは思《おも》えんな」

信長《のぶなが》はバットを猿飛佐助《さるとびさすけ》にむけながら、挑発《ちょうはつ》するようにいいました。

「ムキになるなって、信長《のぶなが》よ。ほんのあいさつだっていっただろ。試合《しあい》する前《まえ》に、おまえらへいっときたいことがあってなあ」

「ほう。申《もう》してみよ」

信長《のぶなが》は腕《うで》をくみます。すると猿飛佐助《さるとびさすけ》は信長《のぶなが》をにらむようにいいました。

「いいか、信長《のぶなが》。そしてファルコンズよ。おれたち琵琶湖《びわこ》シュリケンズは、歴史《れきし》を変《か》えて忍者《にんじゃ》が主役《しゅやく》の世《よ》の中《なか》をつくる！　戦国武将《せんごくぶしょう》ばかりが目立《めだ》って、歴史《れきし》の表舞台《おもてぶたい》にでるような世《よ》の中《なか》を変《か》えてやるぜ！」

「なんだと！」

「こしゃくな！」

ファルコンズからはつぎつぎとそんな声《こえ》があがります。しかし信長《のぶなが》は腕《うで》を横《よこ》にのばし、冷静《れいせい》にうしろにいるみんなを制《せい》しました。そして猿飛佐助《さるとびさすけ》をにらみつけます。

「佐助《さすけ》。できると思《おも》うのか？　ワシら相手《あいて》に」

「それはおれのセリフだぜ。歴史《れきし》を陰《かげ》で支《ささ》えたのはおれたちだ。おまえたちは表舞台《おもてぶたい》でふんぞりかえっていただけだろ」

ニヤリとわらって、猿飛佐助《さるとびさすけ》は挑発《ちょうはつ》をくりかえしました。これには信長《のぶなが》にとめられた戦《せん》国武将《ごくぶしょう》たちもカンカンです。みんなは怒《おこ》って、猿飛佐助《さるとびさすけ》に詰《つ》めよりました。

「おぬし！　いくらなんでも無礼《ぶれい》であるぞ！」

「そうだそうだ！」

「フン。図星《ずぼし》をつかれたからって怒《おこ》るなよ。今日《きょう》はあいさつだけだ」

猿飛佐助《さるとびさすけ》はそういうと、ササッと両手《りょうて》を胸《むね》の前《まえ》でくみます。そして呪文《じゅもん》のようなものをとなえると、なんと猿飛佐助《さるとびさすけ》の姿《すがた》は消《き》えてまわりに風《かぜ》がふきあれ、グランドに砂《すな》がまいあがっていきました。まるで竜巻《たつまき》です！

「くっ。佐助《さすけ》がいなくなった！」

そばにいた戦国武将《せんごくぶしょう》たちは両腕《りょううで》で顔《かお》をかばって、そのすきまから必死《ひっし》で猿飛佐助《さるとびさすけ》をさがします。しかし砂《すな》ぼこりでその姿《すがた》は見《み》えません。

「ふははははは！　じゃあな、ファルコンズよ。おれたちがおまえらを、歴史《れきし》の表舞台《おもてぶたい》からひきずりおろしてやるからな！」

さいごにその声《こえ》をのこすと、風《かぜ》はしだいにおさまっていきます。しかしそこにはもう、猿飛佐助《さるとびさすけ》の姿《すがた》は見《み》えません。

「風《かぜ》にまぎれて消《き》えるとは……」

「猿飛佐助《さるとびさすけ》……、いや、忍者集団《にんじゃしゅうだん》、琵琶湖《びわこ》シュリケンズ。おそるべしじゃぞ……」

ファルコンズのみんなはこめかみに汗《あせ》を流《なが》しシュリケンズをおそれますが、

「フン。あんなヤツら、おそるるにたりぬわ」

秀吉《ひでよし》だけは胸《むね》をはって、えらそうな態度《たいど》でものをいいます。

「だいたいじゃやな、あやつら、ワシら戦国武将《せんごくぶしょう》の部下《ぶか》で裏方《うらかた》だったくせに、歴史《れきし》の表舞台《おもてぶたい》にたとうなどとは笑止千万《しょうしせんばん》。軽《かる》ーくかえりうちにしてくれるわ。ねえ、信長様《のぶながさま》?」

「ほう、いうではないか。ハゲネズミ」

信長《のぶなが》はニヤリと笑《え》みをうかべました。

「いえいえ。本当《ほんとう》のことをいったまで」

秀吉《ひでよし》はとくいげな顔《かお》になりますが、

「しかしのう……」

いって信長《のぶなが》はまゆをひそめます。そして体《からだ》をかがめ、秀吉《ひでよし》の顔《かお》をのぞきこみました。

「その裏方《うらかた》にまんまとあとをつけられておったのは、どこのどいつだ?」

「え。いや、そ、それは……」

秀吉《ひでよし》は急《きゅう》に小《ちい》さくなって、両手《りょうて》のひとさし指《ゆび》をくっつけました。

「ちょっとだけゆだんしてしまいまして……。でも、もうだいじょうぶですぞ。裏方《うらかた》なんかに負《ま》けはしませんわい」

「だまれい！」

信長《のぶなが》は大《おお》きな声《こえ》で秀吉《ひでよし》を怒鳴《どな》ります。すると秀吉《ひでよし》はビクッと体《からだ》をすくませておおあわて。

まさか、こんなに怒《おこ》られるとは思《おも》っていませんでした。

「い、いや、信長様《のぶながさま》。本当《ほんとう》にゆだんしたんです。でないとあんなヤツらに……」

「そういうことをいっているのではない！　いいか、ハゲネズミよ」

「は、はい……？」

信長《のぶなが》がなにに怒《おこ》っているのか、秀吉《ひでよし》には見当《けんとう》もつきません。もみ手《で》に上目《うわめ》づかいで顔色《かおいろ》をうかがうと、信長《のぶなが》は息《いき》を吸《す》いこんで大《おお》きな声《こえ》をだしました。

「貴様《きさま》はつぎの試合《しあい》、補欠《ほけつ》じゃ！」

現世《げんせ》

山田虎太郎《やまだこたろう》は小学六年生《しょうがくねんせい》。地元《じもと》の少年野球《しょうねんやきゅう》チームでピッチャーをしています。内気《うちき》だけどとてもやさしい性格《せいかく》で、しかも実力《じつりょく》は折《お》り紙《がみ》つき。名門高校野球部《めいもんこうこうやきゅうぶ》のスカウトも注目《ちゅうもく》するほどです。

そんな虎太郎《こたろう》の、ある日《ひ》の夜《よる》。

カキーン！

と、ハデな音《おと》を鳴《な》らしてホームランをはなつのは、テレビの中《なか》の四番打者《ばんだしゃ》。

虎太郎《こたろう》はいつものようにリビングのソファに座《すわ》りながら、応援《おうえん》しているプロ野球《やきゅう》チームのテレビ中継《ちゅうけい》を見《み》ています。

「すごいなあ……。やっぱりプロはちがう」

ホームラン、盗塁《とうるい》、ファインプレー、様々《さまざま》なプロの技術《ぎじゅつ》やパワーが、大迫力《だいはくりょく》で画面《がめん》にうつされていて、虎太郎《こたろう》は手《て》に汗《あせ》にぎる思《おも》いです。

——ぼくもいつかこんな舞台《ぶたい》で、レギュラーとして活躍《かつやく》したい……。

虎太郎《こたろう》はプロへのあこがれを強《つよ》くします。テレビの中《なか》の選手《せんしゅ》たちは、みんなかがやいているように思《おも》えました。すると……。

「たいへんそうねえ、このひとたち」

家事《かじ》を終《お》えたお母《かあ》さんが、虎太郎《こたろう》の前《まえ》にお茶《ちゃ》をコトリとおいてくれます。そしてとなりに座《すわ》って、一緒《いっしょ》に野球《やきゅう》を見《み》はじめました。

「そりゃたいへんだよ。だってプロだもん。練習《れんしゅう》とか、ファンからのプレッシャーとか、すごいだろうね。チャンスで打順《だじゅん》がまわってきたときなんか、平気《へいき》な顔《かお》してたって心臓《しんぞう》がバクバクいってるよ、きっと」

虎太郎《こたろう》はお茶《ちゃ》に口《くち》をつけながらこたえました。でも、

「あ、わたしがいってるのは、打《う》ったり守《まも》ったりしているひとのことじゃないの」

お母《かあ》さんは首《くび》を横《よこ》にふります。

「？　じゃあ、誰《だれ》のこと？」

「えっとね、このひととか……、このひとも」

と、お母《かあ》さんはテレビに近《ちか》よって指《ゆび》をさしますが……。

「母《かあ》さん……。それ、選手《せんしゅ》じゃないよ……」

虎太郎《こたろう》はちょっとあきれたようにいいました。なぜならお母《かあ》さんがさしたのは、走塁《そうるい》コーチや、ベンチにいる監督《かんとく》、それに審判《しんぱん》たちだったからです。

「それくらい、わたしにもわかるわよ。でも、すごい真剣《しんけん》な顔《かお》で試合《しあい》を見《み》てるわよ。球場《きゅうじょう》とか、チーム全体《ぜんたい》に気《き》を配《くば》っている感《かん》じ。きっと選手《せんしゅ》みんなを支《ささ》えてるのね」

「えー。でも選手《せんしゅ》のほうがかっこいいよ」

「そりゃそうかもしれないけど。でも、選手《せんしゅ》をかっこよく見《み》せているのが、このひとたちじゃないかな。たいへんな仕事《しごと》だと思《おも》うわ」

お母《かあ》さんは、虎太郎《こたろう》と注目《ちゅうもく》するところがちがいました。普段《ふだん》、お父《とう》さんは表《おもて》にでて仕事《しごと》がいそがしく、家事《かじ》はお母《かあ》さんの仕事《しごと》。だから野球《やきゅう》でも、選手《せんしゅ》よりそちらのほうが気《き》になるのです。

「縁《えん》の下《した》の力持《ちからも》ちっていうのよ。審判《しんぱん》たちだけじゃなくて、たとえばグランドの土《つち》をならすひとや、球場《きゅうじょう》を管理《かんり》するひとたちだってそう。そんなひとがいないと、選手《せんしゅ》だって活躍《かつやく》できないでしょ？」

「そうかなあ……」

虎太郎《こたろう》は素直《すなお》にうなずけません。昼間《ひるま》にちょっといやなことがあって、それが頭《あたま》をかすめてしまうからです。

「……やっぱり、すごいのは選手《せんしゅ》だよ」

虎太郎《こたろう》はそれだけお母《かあ》さんにこたえて、またテレビに目《め》をむけました。

そこで虎太郎《こたろう》はやっぱり選手《せんしゅ》たちの活躍《かつやく》に目《め》をひかれましたが、でもお母《かあ》さんの言葉《ことば》があったからか、ベンチや走塁《そうるい》コーチの真剣《しんけん》さも目《め》にはいっていました。虎太郎《こたろう》は、なんともいえない気持《きも》ちになってしまいます。

「――もう寝《ね》るね」

野球中継《やきゅうちゅうけい》が終《お》わると、虎太郎《こたろう》は歯《は》をみがいてからベッドにもぐりこみます。そして明日《あした》、日曜日《にちようび》の練習《れんしゅう》のことを考《かんが》えました。

――どうなってるかな、みんな……。

虎太郎《こたろう》はチームのことを思《おも》いながら、目《め》をつぶります。そしてゆっくり、ゆっくりと眠《ねむ》りの中《なか》にはいっていきました。

地獄《じごく》

「虎太郎《こたろう》クーン。起《お》きてー」

ぐっすり寝《ね》ていたのに、なんだか聞《き》き覚《おぼ》えのある声《こえ》がする。

さっきベッドにはいったばかりなのに、もう朝《あさ》になっちゃったのかなあ。まだ眠《ねむ》いし、ちょっと今日《きょう》は練習《れんしゅう》にいきたくないけど……。

「起《お》っきってってよっ」

しつこく寝《ね》ていると、やがて体《からだ》がゆさゆさとゆさぶられる。ぼくは「ううん」とうなってから、

「今日《きょう》は……、もうちょっとだけ寝《ね》かせてよ……。昼《ひる》くらいまで……」

そういって目《め》をうっすら開《あ》けた。すると……。

「どうして？　気分悪《きぶんわる》いの？」

そこにいたのは、スベスベの和服《わふく》に羽《はね》の生《は》えた女《おんな》の子《こ》。ふわふわういているこの子《こ》は、天女見習《てんにょみなら》いのヒカルだ。母《かあ》さんだと思《おも》って話《はな》していたのに。

「え？　え？　どうしてヒカルがぼくの部屋《へや》に？」

眠気《ねむけ》もふっ飛《と》んで、ぼくは体《からだ》をむくりと起《お》こした。

「なにいってるの。ここは虎太郎《こたろう》クンの部屋《へや》じゃないよ。よく見《み》て」

といわれ、いやーな予感《よかん》がして、こめかみに汗《あせ》を流《なが》すぼく。

これは……。このパターンは、もしかして……。

そう思《おも》いながら、ゆっくりとまわりを見渡《みわた》す。

こころの中《なか》は悪《わる》い予感《よかん》でいっぱいだったけど、やっぱりそれは的中《てきちゅう》してしまった。がっくり肩《かた》をおとして、ぼくはうつむいてしまう。

「……ま、またか……」

だってそこはぼくの部屋《へや》じゃなくて、寝《ね》ているここはベッドの上《うえ》じゃない。

空《そら》は赤黒《あかぐろ》くて、雲《くも》はむらさき色《いろ》。むこうではメガネをかけた鬼《おに》が、ベンチに腰《こし》かけて、しずかに読書《どくしょ》をしていた。

ここは、こんなに変《へん》てこな場所《ばしょ》は、やっぱり地獄《じごく》でまちがいない。もうこれで何回目《なんかいめ》だろう。ちょっとずつなれてしまった自分《じぶん》もどうかと思《おも》うけど。

「もう……。気軽《きがる》にこんなとこに呼《よ》びださないでよ。今度《こんど》はヒカルなの？　ぼくを呼《よ》びだしたの」

「ちがうよー。秀吉《ひでよし》さん」

「また、ファルコンズのメンバーがたりないとか？」

「うーん、わかんない。今度《こんど》は九人《にん》そろってたんだけどねえ」

「そうなの？」

なら、どうしてだろう？　いつもぼくは『桶狭間《おけはざま》ファルコンズ』のメンバーがたりないから地獄《じごく》に呼《よ》びだされるんだけど……。

「まあ、いいや。秀吉《ひでよし》さんに聞《き》こう。どこにいるの？」

ぼくが聞《き》くと、ヒカルはむこうを指《ゆび》さした。そこにはサルの置物《おきもの》らしきなにかがこちらに背中《せなか》をむけて座《すわ》っていて、よく見《み》るとそれはたしかに秀吉《ひでよし》だった。

なにしてるんだろう？　まあいいや。文句《もんく》もいってやらないと。

ぼくはそう思《おも》って、秀吉《ひでよし》に近《ちか》づいた。そして前《まえ》にまわりこんで話《はな》しかけようとすると、

「う、うわっ！　どうしたの、秀吉《ひでよし》さん！」

秀吉《ひでよし》を見《み》たぼくは、おもわずそういってしまう。

だって秀吉《ひでよし》は、なぜだかまるでサルのように、顔《かお》を真《ま》っ赤《か》にさせて泣《な》いていたから。いや、サルのように顔《かお》が真《ま》っ赤《か》なのはもとからだけど。

「秀吉《ひでよし》さん、なにがあったの？　バナナでもおとした？」

「うう……。そんなんじゃないわい」

秀吉《ひでよし》はズズーッとはなをすすってこたえた。バナナ以外《いがい》のことで、秀吉《ひでよし》がこんなに泣《な》くなんて……。どうなっているんだろう。ぼくとヒカルはおたがいに顔《かお》を見《み》あわせながら、秀吉《ひでよし》の前《まえ》に座《すわ》った。

「ねえ、なにがそんなにうれしいの？」

「う、うれしいんじゃないわい！」

秀吉《ひでよし》は「ぎゃく、ぎゃく」といいながら、ひとさし指《ゆび》をたててグルグルまわした。

「冗談《じょうだん》だよ。で、なにがそんなに悲《かな》しいの？」

やさしく聞《き》くと秀吉《ひでよし》は、

「じ、じつはのう……」

と、なみだに声《こえ》を詰《つ》まらせながら、ぽつりぽつりと事情《じじょう》を話《はな》しはじめた。

それによると秀吉《ひでよし》は、つぎの試合《しあい》、理由《りゆう》もいわれずにレギュラーからはずされたらしい。

それで今回《こんかい》はメンバーがたりなくなって、ぼくを呼《よ》んだとか。

「どうしてワシはレギュラーからはずされたのじゃ……。さっぱりわからぬ」

秀吉《ひでよし》はいった。たしかにバッティングはともかく、秀吉《ひでよし》の守備《しゅび》は優秀《ゆうしゅう》なのに。レギュラーをはずされる理由《りゆう》、ぼくにもよくわからない。

「うーん……。まあ、信長《のぶなが》さんが教《おし》えてくれないんじゃどうしようもないけど」

ぼくはほっぺたを指《ゆび》でかきながら、秀吉《ひでよし》にいった。

「でも、元気《げんき》だしてよ。サルも木《き》からおちるっていうじゃない。たまたまだよ」

「そうだよ。サル知恵《ぢえ》を働《はたら》かせて、またレギュラーになったらいいじゃん」

ヒカルもぼくにつづく。すると、

「……なぐさめになっとらんわ。まったく」

秀吉《ひでよし》は口《くち》をへの字《じ》にして、不満《ふまん》そうに腕《うで》をくんだ。でも、文句《もんく》をいいたいところを、ぐっとこらえてなぐさめたんだから、ちょっとは感謝《かんしゃ》してほしい。

「まあ、いい。はずされたものはしかたがないわい。愚痴《ぐち》は終《お》わりじゃ」

秀吉《ひでよし》はそういってたちあがった。

「では、虎太郎《こたろう》よ。いまからまた地獄甲子園《じごくこうしえん》にいって試合《しあい》をするぞい。いいな？」

「う、うん」

返事《へんじ》をすると秀吉《ひでよし》は、ぼくを案内《あんない》するようにして、むこうへ歩《ある》きだした。

なんかぼくの参加《さんか》があたり前《まえ》みたいになってるけど……。まあ、今回《こんかい》はかわいそうだし、しかたないか。ぼくとヒカルも、その背中《せなか》を追《お》うように足《あし》をすすめる。

でも、場所《ばしょ》は地獄甲子園《じごくこうしえん》か……。

ぼくは前《まえ》をいく秀吉《ひでよし》を見《み》ながら、体《からだ》が緊張《きんちょう》していくのを感《かん》じた。

超閻魔大王《ちょうえんまだいおう》のせいで、ぼくたちが地獄甲子園《じごくこうしえん》で負《ま》けたら歴史《れきし》が変《か》わってしまう。

歴史《れきし》が変《か》わると、もしかしたら日本《にほん》は外国《がいこく》と貿易《ぼうえき》をしなくなったりして、野球《やきゅう》が日本《にほん》から消《き》えてしまうかもしれない。

いや、それ以外《いがい》にも歴史《れきし》が変《か》わることで、野球《やきゅう》が日本《にほん》から、もしかするとこの世《よ》からなくなってしまう可能性《かのうせい》だってあるんだ。それでもしそうなれば、ぼくはもう野球《やきゅう》ができなくなってしまう。

――それは、いやだ。

ぼくは将来《しょうらい》、テレビ中継《ちゅうけい》で見《み》たような舞台《ぶたい》で、かならず野球選手《やきゅうせんしゅ》になるんだから。

だから絶対《ぜったい》に、地獄甲子園《じごくこうしえん》じゃ負《ま》けられない。

ぼくはそう思《おも》って、歩《ある》きながら手《て》をぐっとにぎった。

地獄甲子園《じごくこうしえん》

「うわあ……。やっぱりすごいひと……」

ツタがからまる地獄甲子園《じごくこうしえん》の中《なか》にはいると、広《ひろ》いスタンドにいっぱいのお客《きゃく》さんがぼくたちをむかえてくれた。ぼくはお客《きゃく》さんたちを見《み》あげながら、グランドのはしを歩《ある》く秀吉《ひでよし》についていく。

「そうだね。今回《こんかい》はいんねんの対決《たいけつ》だし」

グランドと客席《きゃくせき》をわける壁《かべ》にそって歩《ある》きながら、ヒカルがひとさし指《ゆび》をたてて教《おし》えてくれた。

「いんねん？　そういえば対戦相手《たいせんあいて》ってどういうひとたちなの？」

たしか地獄甲子園《じごくこうしえん》では、地獄日本《じごくにほん》の各県代表《かくけんだいひょう》と勝負《しょうぶ》するんだ。桶狭間《おけはざま》ファルコンズは愛知代表《あいちだいひょう》だったかな。

「うん。今回《こんかい》の対戦相手《たいせんあいて》はねえ……」

ヒカルがいいかけると、

「**ニ・ン・ジャ！**」

「**ニ・ン・ジャ！**」

お客《きゃく》さんがみんな腕《うで》をふりあげて、大《おお》きな声《こえ》をあげだした。視線《しせん》は全員《ぜんいん》、相手《あいて》ベンチのある壁《かべ》の上《うえ》をむいている。

どうしたんだろう？

ぼくもお客《きゃく》さんの視線《しせん》を追《お》ってそちらを見《み》てみる。するとなんとその壁《かべ》の上《うえ》に、さっそうと風《かぜ》に服《ふく》をはためかせ、ピシッと誰《だれ》かがたっていた。

身軽《みがる》な和服《わふく》で、しかもひとりじゃない。一、二、三、四……、十人《にん》いるぞ！

『待《ま》たせたな！　みなの者《もの》！』

その中《なか》のひとりが大声《おおごえ》をはりあげると、観客《かんきゃく》はみんなたちあがった。

そして腕《うで》をつきあげると、「ニ・ン・ジャ！　ニ・ン・ジャ！」の声《こえ》をいっそう大《おお》きくしてこうふんしている。

「あ、あれは……」

ぼくはあぜんとした気持《きも》ちで、そちらを見《み》る。すると、

「相手《あいて》はあのひとたちだよ！　地獄滋賀県代表《じごくしがけんだいひょう》の、『琵琶湖《びわこ》シュリケンズ』！　忍者《にんじゃ》たちを集《あつ》めたチームなの！」

ヒカルがそちらを指《ゆび》さしていった。

——なるほど、それで観客《かんきゃく》はあんな声《こえ》を……。

そう思《おも》いながらそちらを見《み》ていると忍者《にんじゃ》たちは、

「じゃあ、いくぜっ！　とうっ！」

といって、体《からだ》をぐっとかがめた。

まさか、あの壁《かべ》から飛《と》びおりるのか？　すごく高《たか》いのに！

と思《おも》っていると、

「おい、ハシゴまわせ！」

「はやく！」

と、地味《じみ》にハシゴを使《つか》って、壁《かべ》からみんなでおりてきている。忍者《にんじゃ》ならここは飛《と》びおりてほしかったけど。

「忍者《にんじゃ》のひとたちはね、時代《じだい》はいろいろなんだけど、戦国武将《せんごくぶしょう》や江戸幕府《えどばくふ》につかえていたひとも多《おお》いんだ。だから戦国武将《せんごくぶしょう》チームのファルコンズとは、けっこういんねんがあるっていうわけ」

ヒカルが歩《ある》きながら、ひとさし指《ゆび》をたてて教《おし》えてくれる。

「で、琵琶湖《びわこ》シュリケンズのキャプテンは猿飛佐助《さるとびさすけ》ってひと。もとは真田幸村《さなだゆきむら》さんの手下《てした》だったんだよ」

「そうなんだ」

ぼくもついていきながら、返事《へんじ》をした。

ヒカルのいうとおりだと、忍者《にんじゃ》って戦国武将《せんごくぶしょう》の裏方《うらかた》ってことかな。それなら今回《こんかい》はわりと楽《らく》な相手《あいて》かもしれない。どんな野球《やきゅう》をするかはまだわからないけど、歴史《れきし》の表舞台《おもてぶたい》で活躍《かつやく》していた戦国武将《せんごくぶしょう》たちにかなうはずもないし……。

「フン！　しょせんは時代《じだい》のわき役《やく》よ。我《われ》らの敵《てき》ではないわい」

秀吉《ひでよし》がにがにがしい顔《かお》でいった。考《かんが》えはぼくと一緒《いっしょ》みたいだ。じゃあ、さっさと勝《か》って現世《げんせ》に帰《かえ》らなきゃ。

「さ、着《つ》いたぞい」

考《かんが》えながら歩《ある》いていると、やがてぼくたちはファルコンズのベンチに到着《とうちゃく》する。そこではみんなが、いそがしく試合《しあい》の準備《じゅんび》をすすめていた。

「ようし！　攻《せ》めて攻《せ》めて点《てん》をとりまくるぞ！」

「守備《しゅび》もおろそかにするなよ！　こまかい技《わざ》を使《つか》わせるな！」

見《み》ていると、みんなはグラブをはめたり、スパイクをはきなおしたりしながら言葉《ことば》をかわしていて、よく見《み》るとメンバーの表情《ひょうじょう》は、いつもどおりの真剣《しんけん》なものだった。誰《だれ》ひとり、ふざけているひとがいない。

裏方《うらかた》が相手《あいて》でも気《き》を抜《ぬ》かないなんて、やっぱり戦国武将《せんごくぶしょう》ってすごいなあ……。そう思《おも》っていると、

「きたか、虎太郎《こたろう》よ」

威厳《いげん》のある声《こえ》が、ベンチの奥《おく》からひびいてくる。

――この、低《ひく》くてよくひびく声《こえ》は……。

ぼくは、こころの中《なか》にちょっとおそれるような気《き》持《も》ちを持《も》ちながら、ゆっくり、ゆっくりと声《こえ》のするほうへむいた。

すると、そこにいたひとは案《あん》の定《じょう》。

「の、信長《のぶなが》さん……」

ベンチの奥《おく》にはファルコンズのキャプテン、織田信長《おだのぶなが》が座《すわ》っていた。するどい視線《しせん》で、じっとこちらを見《み》ている。

ひさしぶりだけど、信長《のぶなが》の持《も》つふんいきは圧倒的《あっとうてき》で、まわりの空気《くうき》がゆらめくようだ。

こっちを見《み》つめる眼光《がんこう》には、うかつに身動《みうご》きができないすごみがあった。

「よくきた。ヒカルやハゲネズミから話《はなし》は聞《き》いたか？」

表情《ひょうじょう》を変《か》えずに、信長《のぶなが》はぼくに問《と》いかけてくる。

「う、うん。なんか秀吉《ひでよし》さんが補欠《ほけつ》になって、それでメンバーがたりないって……」

「そのとおりだ。貴様《きさま》がいる。力《ちから》を貸《か》せ」

信長《のぶなが》はぶっきらぼうにいった。

ぼくはこころの中《なか》で「なんだよ、えらそうに」なんて思《おも》いつつ、でも気持《きも》ちのどこかでは、信長《のぶなが》に必要《ひつよう》とされたっていううれしさみたいなものもあった。

「まかせといてよ。忍者《にんじゃ》になんて、絶対負《ぜったいま》けないから」

ぼくがいうと、

「忍者《にんじゃ》になんてか……」

信長《のぶなが》がボソリといって、ぼくをにらむ。

「虎太郎《こたろう》よ。貴様《きさま》はいままで、自分《じぶん》ひとりで生《い》きてこられたのか？」

「え？」

とつぜん、なにをいいだすんだろう？　ぼくがきょとんとすると、

「それをよく考《かんが》えておくことだな。さもなくば、貴様《きさま》は負《ま》ける」

「ま、負《ま》けるなんて……」

「それほど重要《じゅうよう》なことじゃ。ハゲネズミを補欠《ほけつ》にまわしたのもそのため。『人《ひと》』という字《じ》はどう書《か》くか。それをまずわかるようになれ」

「『人《ひと》』って字《じ》？」

そんなの、いわれなくたってわかる。簡単《かんたん》な字《じ》じゃないか。

「それを理解《りかい》したとき、貴様《きさま》ははじめて相手《あいて》にきちんとむきあえるであろう。いいか、虎《こ》太郎《たろう》よ。別《べつ》に貴様《きさま》がどういう立場《たちば》にあろうとも、他人《たにん》より劣《おと》っているわけでも優《すぐ》れているわけでもないのだ」

信長《のぶなが》はそういって、腕《うで》をくんだ。

——どういう意味《いみ》だろう。

いや、いま、考《かんが》えたってしかたがない。

ここでがんばって勝《か》って、信長《のぶなが》にぼくを認《みと》めさせてやるんだ。そうしたらいまのだって、よけいなことをいって悪《わる》かったって、むこうからあやまってくるにきまってる。

ぼくは、自分《じぶん》にそういいきかせた。

そうだ。だいたい相手《あいて》は裏方《うらかた》なんだ。ぼくたちが負《ま》けるはずがない。

整列《せいれつ》

ホームをはさんで両《りょう》チームが整列《せいれつ》すると、

「へっ。秀吉《ひでよし》の野郎《やろう》はでないのかよ。拍子抜《ひょうしぬ》けだぜ」

先頭《せんとう》の、髪《かみ》がツンツンしたひとがそういった。誰《だれ》だろうってぼくが思《おも》ったら、

『あれが猿飛佐助《さるとびさすけ》さんだよ』

ヒカルがテレパシーで教《おし》えてくれる。

たしかこの猿飛佐助《さるとびさすけ》ってひとが、相手《あいて》チームのキャプテンだっけ。

見《み》てみるとなんだか、ちょっとサルっぽい感《かん》じ。でも秀吉《ひでよし》みたいなサルさとはちがって、ちょっとカッコいいサルだ。

「まーったく、口《くち》ほどにもないサルだぜ、秀吉《ひでよし》はよ。あんだけ大口《おおぐち》たたいたんだ。少《すこ》しは

やる気《き》を見《み》せろよな」

「ぐぬぬ〜。いわせておけば〜」

秀吉《ひでよし》が真《ま》っ赤《か》な顔《かお》をさらに赤《あか》くすると、

「よすんだ、佐助《さすけ》」

猿飛佐助《さるとびさすけ》のとなりから、こっちはいかにもモテそうなイケメンが声《こえ》をかけた。

「敵《てき》とはいえ、相手《あいて》には敬意《けいい》を払《はら》わねばならない。それが歴史《れきし》の表舞台《おもてぶたい》にたつ者《もの》のこころがまえだぞ。おまえなら知《し》っているだろう」

「ちぇっ。わかってるよ、才蔵《さいぞう》」

注意《ちゅうい》されて、くちびるをとがらせる猿飛佐助《さるとびさすけ》。それより、いま少《すこ》し気《き》になることを聞《き》いた気《き》がするんだけど。

『ねえ、ヒカル。ちょっと聞《き》きたいんだけど』

ぼくは頭《あたま》の中《なか》から、ヒカルに話《はな》しかける。

『うん。なに？』

『えっと、いま、猿飛佐助《さるとびさすけ》さんに話《はな》しかけてたひと……』

『ああ、霧隠才蔵《きりがくれさいぞう》さんだね。シュリケンズのピッチャーで、副《ふく》キャプテンみたいなひとだよ。すごいクールでカッコよくて、女子《じょし》に大人気《だいにんき》なの』

ちょっと、それはうらやましいけど。

『それよりさ、気《き》になったんだけど、歴史《れきし》の表舞台《おもてぶたい》にたつってどういうこと？』

『ああ、それはね……』

ヒカルがそういいかけたところで、

「いいか、シュリケンズ！　思《おも》いどおりにはさせんぞっ！　おぬしらがワシらにとって代《か》わって歴史《れきし》の表舞台《おもてぶたい》にたとうなどと、わらわせてくれるわっ」

「やめぬか！　ハゲネズミ！」

信長《のぶなが》が秀吉《ひでよし》を注意《ちゅうい》するけど、その言葉《ことば》で、ぼくの疑問《ぎもん》はかたづいた。

そうか……。琵琶湖《びわこ》シュリケンズの忍者《にんじゃ》たち、きっと歴史《れきし》を変《か》えて、自分《じぶん》たちが歴史《れきし》の教科書《きょうかしょ》にのるような表舞台《おもてぶたい》にたとうとしているんだな。

「だいたい、ワシがひかえにまわってものう。ファルコンズには天才野球少年《てんさいやきゅうしょうねん》がおるんじゃ。おぬしらの勝《か》ちはない！　のう、虎太郎《こたろう》」

「へえ。天才《てんさい》だって？　そこの小僧《こぞう》か」

猿飛佐助《さるとびさすけ》と霧隠才蔵《きりがくれさいぞう》は、同時《どうじ》にぼくのほうを見《み》た。

「て、天才《てんさい》っていうのはいいすぎだけど、野球《やきゅう》はずっとやってきたよ。今日《きょう》は負《ま》けないから。だってこっちはみんな、表舞台《おもてぶたい》でがんばってきた戦国武将《せんごくぶしょう》たちなんだよ！」

ぼくがキッと強《つよ》い目《め》で反論《はんろん》したら、

「ふん。いうねえ、虎太郎《こたろう》とやら」

猿飛佐助《さるとびさすけ》はニヤリとわらう。

「だが、おれたちはそういうヤツらを見《み》かえしたくて、地獄甲子園《じごくこうしえん》に出場《しゅつじょう》したんだよ！　表舞台《おもてぶたい》にたっているヤツだけががんばってるわけじゃないし、活躍《かつやく》してるわけじゃない。今日《きょう》、それを証明《しょうめい》してやる！」

「そのとおりだ。虎太郎《こたろう》クン」

霧隠才蔵《きりがくれさいぞう》もつづく。

「わたしたちは裏方《うらかた》としての、自分《じぶん》の仕事《しごと》にほこりを持《も》っている。だが、世間《せけん》で注目《ちゅうもく》を集《あつ》め、評価《ひょうか》されるのはわたしたちではない。我々《われわれ》は歴史上《れきしじょう》すべての裏方《うらかた》のためにたちあがっ

たのだ。今日《きょう》は覚悟《かくご》をしておくがいい」

「ぐぬぬ〜。佐助《さすけ》なんてサルそっくりのくせに〜」

秀吉《ひでよし》がひどいくやしがりかたでうなっている。だけど、気持《きも》ちはぼくだって同《おな》じだ。

歴史《れきし》の表舞台《おもてぶたい》にたっているみんながんばったからこそ、今日《きょう》の歴史《れきし》があるのに……。

それをないがしろにするなんて、ちょっとひどいんじゃないかと思《おも》う。

見《み》てろ……。野球《やきゅう》で決着《けっちゃく》つけてやる。

「ふっ。信長《のぶなが》よ。おれたちが歴史《れきし》の表舞台《おもてぶたい》にたったときは、おまえを部下《ぶか》として使《つか》ってやるぜ。ありがたく思《おも》えよ」

猿飛佐助《さるとびさすけ》が信長《のぶなが》をにらんでいうと、

「ほう。それは楽《たの》しみだ。そのときはせいぜい下克上《げこくじょう》に気《き》をつけることだな」

信長《のぶなが》もそうこたえて、ふたりは視線《しせん》の間《あいだ》に火花《ひばな》をちらす。

「それではいいですね？　球審《きゅうしん》はわたくし、赤鬼《あかおに》がつとめさせていただきます」

ホームにたつ赤鬼《あかおに》は、顔《かお》に似合《にあ》わないまじめな口調《くちょう》でそう前《まえ》おきして、

「では、桶狭間《おけはざま》ファルコンズ対《たい》、琵琶湖《びわこ》シュリケンズの試合《しあい》をはじめます。礼《れい》！」

試合開始《しあいかいし》を、そのコールで告《つ》げた。

するとみんなはおたがいに頭《あたま》をさげて、それぞれのベンチにもどっていく。

そしてぼくは気合《きあ》いをいれるために、グラブにげんこつをたたきこんだ。

――いくぞ！

いずれプロ野球選手《やきゅうせんしゅ》として、ぼくは表舞台《おもてぶたい》にたつ。だから、ここで裏方《うらかた》に負《ま》けるわけにはいかないんだ！

押すなよ
押すなよ。。。

2章《しょう》　変《へん》幻《げん》自《じ》在《ざい》の忍《にん》者《じゃ》戦《せん》法《ぽう》

	1	2	3	4	5	6	7	8	9	計	H	E
琵琶湖												
桶狭間												

OKEHAZAMA Falcons			BIWAKO SHURIKENS		
1	井伊　直虎	中	1	松尾　芭蕉	中
2	毛利　元就	遊	2	雑賀　孫市	遊
3	本多　忠勝	右	3	霧隠　才蔵	投
4	織田　信長	一	4	猿飛　佐助	捕
5	真田　幸村	三	5	児　雷　也	三
6	徳川　家康	捕	6	望月千代女	右
7	前田　慶次	左	7	鼠　小　僧	左
8	伊達　政宗	三	8	風魔小太郎	三
9	山田虎太郎	投	9	服部　半蔵	一

B
S
O

UMPIRE

CH	1B	2B	3B
赤	青	黒	桃
鬼	鬼	鬼	鬼

一回表《いっかいおもて》

「たあっ！」

というかけ声《ごえ》でぼくが投《な》げたボールは、ズバッと音《おと》をたてて徳川家康《とくがわいえやす》のキャッチャーミットにおさまった。すると、

「ストライク！　バッターアウッ！」

審判《しんぱん》の赤鬼《あかおに》の手《て》があがって、これで三振《さんしん》。ぼくはシュリケンズの一番《ばん》バッターを、たった三球《きゅう》でアウトにした。これはでだし好調《こうちょう》だぞ。

「ほう。思《おも》ったよりもやるな」

「たしかにな。少《すこ》しあまく見《み》ていたかもしれん」

シュリケンズベンチからも、そんな声《こえ》が聞《き》こえてくる。

ぼくはどんなもんだって思《おも》いながら、徳川家康《とくがわいえやす》からボールを受《う》けとった。

そりゃぼくだって、どんな相手《あいて》でも絶対《ぜったい》に勝《か》てる！　って実力《じつりょく》が、まだあるわけじゃな

いけれど、それでもこれまで、生《い》きていたときに時代《じだい》をひっぱってきた剣豪《けんごう》や戦国武将《せんごくぶしょう》たちに勝《か》ってきたんだから。悪《わる》いけど忍者《にんじゃ》には負《ま》けないよ。

「くく……。だが、おれをアウトにできるかなって」

そういいながら打席《だせき》にはいってくるのは、二番《ばん》バッターの雑賀孫市《さいかまごいち》。

ワラでつくった上着《うわぎ》にぼうし……、笠《かさ》っていうのかな？　そんなかっこうをしているひと。しかも手《て》に持《も》っているのは……。

『雑賀孫市《さいかまごいち》さんは、いまの和歌山県《わかやまけん》あたりで活動《かつどう》していた忍者集団《にんじゃしゅうだん》、雑賀衆《さいかしゅう》の頭領《とうりょう》なんだ』

バッターボックスを見《み》ていると、頭《あたま》の中《なか》にヒカルのテレパシー。

『そうなんだ。でも、雑賀衆《さいかしゅう》ってなに？』

『ナントカ衆《しゅう》とかナントカ流《りゅう》っていうのは、忍者《にんじゃ》の流派《りゅうは》みたいなものだよ。雑賀衆《さいかしゅう》はとくに、鉄砲《てっぽう》で有名《ゆうめい》なんだ。日本《にほん》に鉄砲《てっぽう》が伝来《でんらい》したとき、雑賀衆《さいかしゅう》には鍛冶《かじ》のひとや貿易《ぼうえき》をしているひとが多《おお》くて、戦国時代《せんごくじだい》の中《なか》ではやくから扱《あつか》いをとくいにしていたんだよ』

『なるほど。それで……』

ぼくはヒカルの説明《せつめい》で納得《なっとく》する。

なぜなら雑賀孫市《さいかまごいち》は、バット代《が》わりに長《なが》ーい鉄砲《てっぽう》を持《も》っているから。ワラをかぶった猟《りょう》師《し》みたいなかっこうをしてるのも、そのためかも。

「えっと、雑賀孫市《さいかまごいち》さん。ねんのために聞《き》くけど、その鉄砲《てっぽう》で打《う》つつもり？」

ぼくが聞《き》くと、雑賀孫市《さいかまごいち》はニヤリとわらう。

「あったり前《まえ》だろって。雑賀《さいか》といえば鉄砲《てっぽう》。鉄砲《てっぽう》といえば雑賀《さいか》。雑賀《さいか》の鉄砲《てっぽう》は日本一《にほんいち》。雑《さい》賀《か》の鉄砲《てっぽう》は日本一《にほんいち》って！」

雑賀孫市《さいかまごいち》はぼくに鉄砲《てっぽう》を見《み》せながら、テレビCM《シーエム》みたいなことをいった。でも鉄砲《てっぽう》みたいな手《て》に持《も》ちにくそうなもので、まともにボールが打《う》てるとは思《おも》えない。こっちにとってはチャンスだ。

「じゃあ、いくよ！」

宣言《せんげん》するようにそういって、ぼくは腕《うで》をふりかぶる。そして足《あし》を前《まえ》にふみだすと、雑賀《さいか》孫市《まごいち》にむけて思《おも》いっきりボールを投《な》げこんだ。

球《たま》の勢《いきお》いはいつものとおり。これなら……。ぼくが投《な》げたボールのストライクを確信《かくしん》した、そのとき。

「もらったって！」

雑賀孫市《さいかまごいち》はそういって、いきなり右《みぎ》ひざを地面《じめん》につけた。低《ひく》い球《たま》をバントするような体《たい》勢《せい》で、そして目線《めせん》の高《たか》さに鉄砲《てっぽう》をかまえると、それをサッとこっちへむける。

「うそっ！」

まさかピッチャーのぼくを、鉄砲《てっぽう》でねらうつもり……？　地獄《じごく》の野球《やきゅう》はそんなことまでアリなの？

なんて、ゆっくり考《かんが》えているヒマなんてない。鉄砲《てっぽう》で撃《う》たれたらシャレにならないし、ぼくは頭《あたま》をかかえると、あわててその場《ば》にしゃがみこむ。そしてうす目《め》を開《あ》けてたしかめるように前《まえ》を見《み》た。するとそこでは、雑賀孫市《さいかまごいち》がこっちにむけた鉄砲《てっぽう》のさき、弾《たま》が発射《はっしゃ》される穴《あな》で、

「あらよって」

と、ぼくの投《な》げたボールを、なんと弾《たま》をこめるように、すっぽりと受《う》けとめる。

「うそっ！」

「うそじゃねえって！　食《く》らえって！」

雑賀孫市《さいかまごいち》は大《おお》きな声《こえ》をあげ、そのまま鉄砲《てっぽう》の引《ひ》き金《がね》をグッとひいた。

すると鉄砲《てっぽう》に吸《す》いこまれていたぼくのボールは、なんと本物《ほんもの》の弾《たま》のように、鉄砲《てっぽう》のその先端《せんたん》から、バキューンとすごい音《おと》と一緒《いっしょ》に撃《う》ちだされる。

「う、うそっ！」

さっきからそればっかりしかいってないけど、本当《ほんとう》に「うそっ！」て気持《きも》ちだ。まさかボールを鉄砲《てっぽう》で受《う》けとめて、そこから発射《はっしゃ》するなんて……。しかも打球《だきゅう》は文字《もじ》どおり、一、二塁間《るいかん》を抜《ぬ》けるすさまじい弾丸《だんがん》ライナー。

「くそっ！」

セカンドの真田幸村《さなだゆきむら》がボールに飛《と》びつくけど、もうちょっとのところで届《とど》かない。打球《だきゅう》はライトのほうへ、勢《いきお》いよくころがっていった。

「見《み》たがって！　これぞ雑賀秘伝《さいかひでん》の鉄砲術《てっぽうじゅつ》！　『種子島打法《たねがしまだほう》』だって！」

ファーストにたって、雑賀孫市《さいかまごいち》は高《たか》らかなわらい声《ごえ》をあげた。でも、種子島《たねがしま》ってなに？

『種子島《たねがしま》っていうのは、当時《とうじ》の鉄砲《てっぽう》の呼《よ》び名《な》だよ。いまの鹿児島県《かごしまけん》にある島《しま》だけど、そこから鉄砲《てっぽう》が伝《つた》えられたのが理由《りゆう》なんだ』

ヒカルが説明《せつめい》してくれる。なるほどそれで種子島打法《たねがしまだほう》……。って、それは納得《なっとく》できない。

「ちょっと、審判《しんぱん》の鬼《おに》さん！　あれはいくらなんでも反則《はんそく》でしょ？」

ぼくは審判《しんぱん》にいった。だいたいバットをふってボールにあてるっていう、野球《やきゅう》の最低限《さいていげん》のルールにもあてはまっていないんだから、あんなの反則《はんそく》でアウトだよ。

「うーん」

審判《しんぱん》は腕《うで》をくんで考《かんが》える。そして、

「まあ、打《う》つには打《う》ってますし」

と、両手《りょうて》を頭《あたま》の上《うえ》でつなげて丸《まる》をつくった。それにぼくは、また「うそっ」っていってしまう。そもそも、鉄砲《てっぽう》を撃《う》ったのであって、バットでは打《う》ってないのに！

「ドンマイ！　虎太郎《こたろう》クン！　つぎだ、つぎ！」

「うう……」

徳川家康《とくがわいえやす》が声《こえ》をかけてくれるけど、簡単《かんたん》にはきりかえられない。なんだかこころの中《なか》に、もやもやしたものがのこってしまう。

――なんか変《へん》だぞ、この相手《あいて》。いや、いままでの相手《あいて》だって変《へん》てこなチームが多《おお》かったけど、このチームはとくにおかしい。

「さあ、つぎはわたしの番《ばん》だ」

考《かんが》えていると、つぎのバッター、三番《ばん》の霧隠才蔵《きりがくれさいぞう》が打席《だせき》にたった。

試合前《しあいまえ》に話《はな》した感《かん》じ、このひとはまだ、まともそうだけど……。でも、やっぱり忍者《にんじゃ》だし、なんかの術《じゅつ》みたいなのを使《つか》うのかな？

「ほう。虎太郎《こたろう》クン。なにか心配事《しんぱいごと》か？」

ぼくの心理《しんり》を見《み》すかしたのか、霧隠才蔵《きりがくれさいぞう》がそんなことを聞《き》いてくる。

「う、ううん。心配事《しんぱいごと》っていうか……」

「ふむ。いいたくないのか。しかしわたしは、じつは読心術《どくしんじゅつ》を使《つか》えるのだ。ひとのこころを見抜《みぬ》ける。ためしにやって見《み》せようか」

「ど、読心術《どくしんじゅつ》だって……？」

読心術《どくしんじゅつ》って、こころの中身《なかみ》を見《み》てしまうあの読心術《どくしんじゅつ》？

まさか……。そんなものまで使《つか》っちゃうなんて、それもう忍者《にんじゃ》とかじゃなくて、超能力者《ちょうのうりょくしゃ》じゃないか。いや、でも忍者《にんじゃ》なら、もしかすると心理学者《しんりがくしゃ》みたいなことができてしまうのかも……。

ぼくがそう考《かんが》えている間《あいだ》に、霧隠才蔵《きりがくれさいぞう》は胸《むね》の前《まえ》で両手《りょうて》の平《ひら》をくんだ。そして真剣《しんけん》な顔《かお》つきになると、

「チチンプイプイ！」

と、とてつもなくダサい呪文《じゅもん》をとなえ、しずかにまぶたを閉《と》じた。

これ、もしかして本当《ほんとう》の本当《ほんとう》に……。

「――……ほう。わかったぞ。虎太郎《こたろう》クン。君《きみ》の考《かんが》えていることが！」

そういうと、霧隠才蔵《きりがくれさいぞう》は目《め》をくわっと見《み》ひらいた。その迫力《はくりょく》に、一歩《いっぽ》あとずさるぼく。

「な、なにがわかったっていうのさ……。どうせなにもわからないくせに」

せいいっぱい、反論《はんろん》してみる。だけど、こころの中《なか》にはこわい気持《きも》ちが波《なみ》のように押《お》しよせてきていた。

「ふふ……。ならばいってやろう、虎太郎《こたろう》クン。君《きみ》のこころの中《なか》を」

霧隠才蔵《きりがくれさいぞう》はニヤリとわらい、

「いいか。君《きみ》はいま、こころの中《なか》で……」

そういってこちらを指《ゆび》さす。ぼくは緊張《きんちょう》してつばをのみこみながら、霧隠才蔵《きりがくれさいぞう》のつぎの言葉《ことば》を待《ま》った。

「『あー、信長《のぶなが》のヤツ、いつもえらそうに指示《しじ》ばっかりして、ムカつくんだよな。いっそおれがファルコンズのキャプテンでもしてやろうかなー。そしたらファルコンズはもっと強《つよ》くなるだろうし、信長《のぶなが》にはおれの肩《かた》もみでもしてもらおう。おれにさからえっこないもんねー』……って考《かん》えているだろう」

「か、考《かん》えてないー！」

なにいってんだ、あのひとは！　ぼくはあわててファーストを見《み》るけど、そこにいる信《のぶ》長《なが》はぼくを見《み》ながら、

「虎太郎《こたろう》、貴様《きさま》……」

って、なんかちょっと怒《おこ》ってるし。

「ち、ちがうちがう！　ちがうから！」

ぼくは誤解《ごかい》をとこうと、身《み》ぶり手《て》ぶりを大《おお》きくして伝《つた》えるけど、たぶんこれ、まわりから見《み》たら、ぼくがわたわたしているだけだ。マズいぞ。とにかくはやく霧隠才蔵《きりがくれさいぞう》をアウトにして、ちゃんと信長《のぶなが》にいわないと！

「もう！　いくよ！」

ぼくはちょっとあせり気味《ぎみ》に、霧隠才蔵《きりがくれさいぞう》にボールを投《な》げた。でも……、指《ゆび》がすべって、なんとボールはど真《ま》ん中《なか》に！

「し、しまったっ！」

「きたな！　絶好球《ぜっこうきゅう》！」

霧隠才蔵《きりがくれさいぞう》はバットをぐっとかまえると、ひじをひいて小《ちい》さくスイング。そしてカーンと快音《かいおん》を鳴《な》らしてヒットをはなった。

「くそっ！」

打球《だきゅう》はライト前《まえ》におちて霧隠才蔵《きりがくれさいぞう》は一塁《るい》でとまったけど、でもファーストランナーの雑賀孫市《さいかまごいち》はそのまま三塁《るい》まですすんでしまう。

でだし好調《こうちょう》のはずだったのに、いきなり大《だい》ピンチだ。

「そ、そんなあ……。あんなのって……」

「見《み》たか、虎太郎《こたろう》クン」

がくぜんとしていると、ファーストにたつ霧隠才蔵《きりがくれさいぞう》が声《こえ》をあげる。

「これがシュリケンズの野球《やきゅう》だ。虎太郎《こたろう》クン、君《きみ》はあせりのあまり、コントロールをおろそかにしてしまった。そうだろう？」

「た、たしかにそうだけど……」

でも、まともそうに見《み》えた霧隠才蔵《きりがくれさいぞう》まで、こんなとんでもない作戦《さくせん》を使《つか》ってくるなんて。

やっぱりシュリケンズ、ちょっとどうかしているぞ……。

ぼくはくやしい気持《きも》ちになるけど……、

――でも、まだ点《てん》をとられたわけじゃない。

つぎは四番《ばん》の猿飛佐助《さるとびさすけ》だ。

どんなスイングをしてくるのかわからないけど、コントロールに気《き》をつけて投《な》げたらダブルプレーだってとれるはず。そうだ。この大《だい》ピンチをきり抜《ぬ》けたなら、逆《ぎゃく》にファルコンズにも勢《いきお》いがつく。

「――よし！」

ぼくは気合《きあ》いをいれるように、ボールをにぎった手《て》をグラブにたたきこむ。すると、

「覚悟《かくご》はできたかよ、虎太郎《こたろう》」

不敵《ふてき》な笑《え》みをうかべて、猿飛佐助《さるとびさすけ》がぼくにいった。

よく見《み》ると猿飛佐助《さるとびさすけ》はベンチの前《まえ》にたち、練習用《れんしゅうよう》の重《おも》いバットを使《つか》って豪快《ごうかい》な素振《すぶ》りをしている。それはまるで大《おお》きな扇風機《せんぷうき》のようにまわりへ風《かぜ》を起《お》こしていて、小《ちい》さな体《からだ》の中《なか》にある、かなりのパワーを感《かん》じさせた。

「打《う》たせないよ。いまのはちょっとゆだんしただけだから」

本当《ほんとう》にそうなんだ。雑賀孫市《さいかまごいち》も霧隠才蔵《きりがくれさいぞう》も、変《へん》な打《う》ちかたただったからだし。

「ゆだん、か。じゃあ虎太郎《こたろう》。いいことを教《おし》えてやろう」

「――なに？」

ぼくはグラブの中《なか》でボールをにぎって聞《き》きかえす。すると猿飛佐助《さるとびさすけ》はバッティング用《よう》のバットに持《も》ちかえて、バッターボックスにはいってきた。

「いままでおれたちに負《ま》けたチームは、みんなそういっていたぜ。『ゆだんした』ってなあ」

「ぼ、ぼくはちがうっ。本当《ほんとう》にゆだんしてたんだから」

「ふん。どうだか。こいよ、虎太郎《こたろう》。場外《じょうがい》までぶっ飛《と》ばしてやるからよ！」

猿飛佐助《さるとびさすけ》はそういうと、体《からだ》を低《ひく》くしてバットをかまえた。いかにもパワーヒッターのかまえかただ。場外《じょうがい》までぶっ飛《と》ばす、なんていってるし……。

たしかに状況《じょうきょう》はよくない。ここでヒットを打《う》たれてしまったら、まちがいなく点《てん》をいれられる。いや、それどころか長打《ちょうだ》で二点《てん》。ホームランなんて打《う》たれたら、一気《いっき》に三点《てん》もはいってしまう。

でも、考《かんが》えを変《か》えるとどうだろう。もしダブルプレーに打《う》ちとることができたら、あっというまにチェンジだ。味方《みかた》もノってくるにちがいないぞ。

そのためにも徳川家康《とくがわいえやす》のリードのとおり、コントロールは慎重《しんちょう》にしないと。ダブルプレーをとれるように、内野《ないや》ゴロを打《う》たせるんだ。忍者《にんじゃ》とはいえ相手《あいて》の四番打者《ばんだしゃ》。コントロールミスは長打《ちょうだ》につながってしまう。

ぼくはそう思《おも》いながら、徳川家康《とくがわいえやす》のリードにうなずいた。そしてミットの位置《いち》をかくにんしながら、

「いくよ！」

そういって腕《うで》をまわし、ボールを投《な》げこんだ。

――よし！

ギューンとキャッチャーミットにむかっていくボールは、たぶん今日《きょう》投《な》げた中《なか》で一番《いちばん》だ。

きっちりコントロールされていて、勢《いきお》いもなかなかのもの。

さあ、手《て》をだしてみろ。きっとひっかけて内野《ないや》ゴロになるにちがいないから！

「くくく……。あまいな。虎太郎《こたろう》」

猿飛佐助《さるとびさすけ》はニヤッとわらった。

――どうしたんだ？

「あとでまた、いうがいいぜ！　ゆだんしたってなあ！」

そういうと、猿飛佐助《さるとびさすけ》はサッとバットを寝《ね》かせた。バントのかまえだ！

「ス、スクイズッ？」

まさか、そんな！　四番打者《ばんだしゃ》が？

と、頭《あたま》に生《う》まれたおどろきが、ぼくの反応《はんのう》を少《すこ》しだけおくらせてしまった。

猿飛佐助《さるとびさすけ》はコツンとうまくバットにボールをあてると、そのまま一塁《るい》へダッシュ。三塁《るい》の雑賀孫市《さいかまごいち》も、ホームにむけてはしってきている。

「くそっ！」

ぼくもボールにむかってはしるけど、スタートがおくれてしまったぶん、まにあうかどうかはびみょうなタイミングだ。

「家康《いえやす》さんっ！」

ぼくはなんとかボールをひろうと、そのまま徳川家康《とくがわいえやす》にそれをトスする。徳川家康《とくがわいえやす》はそれをミットで受《う》けとり、すばやい動《うご》きで雑賀孫市《さいかまごいち》にタッチしたけど……。

「セーフ！　セーフ！」

審判《しんぱん》の腕《うで》が横《よこ》にひろがる。すべりこんだ雑賀孫市《さいかまごいち》の足《あし》が一瞬《いっしゅん》はやくホームベースにふれていたのは、ぼくの目《め》から見《み》てもあきらかだった。

「よしっ！　まずは一点《いってん》！」

「ここからだぜ！」

相手《あいて》ベンチは、みんながベンチの柵《さく》からのりだすもりあがりようだ。

でも打《う》たれてしまったぼくは、どこか遠《とお》くでその声《こえ》を聞《き》いていた。まるでだまされたような気分《きぶん》だった。

「くそっ！」

ぼくはおもわずにがい顔《かお》をしてしまう。だって猿飛佐助《さるとびさすけ》、あれだけパワーヒッターと思《おも》わせておいて、まさかスクイズなんて……。

「どうだ？　またゆだんしていたのかよ、虎太郎《こたろう》」

一塁《るい》から声《こえ》が聞《き》こえる。見《み》ると猿飛佐助《さるとびさすけ》が腕《うで》をくんで一塁《るい》のベース上《じょう》にたち、風《かぜ》にふかれながらぼくを見《み》ていた。

「しかし、ゆだんも三回《かい》つづけば実力《じつりょく》だぜ？　おまえもどうせ、裏方相手《うらかたあいて》に負《ま》けるわけがないと思《おも》っていたんだろ」

猿飛佐助《さるとびさすけ》はそういった。もう、顔《かお》はわらっていなかった。

「おれたちは、おまえらのそういう考《かんが》えが許《ゆる》せねえんだ。誰《だれ》が時代《じだい》の主役《しゅやく》が、思《おも》い知《し》らせてやる！」

一回裏《いっかいうら》

あのあと、ぼくはなんとか五番《ばん》と六番《ばん》を打《う》ちとって、追加点《ついかてん》をふせいだ。

でも、シュリケンズのこまかい野球《やきゅう》は、ぼくを動揺《どうよう》させるのにじゅうぶんだった。いれられた点《てん》はとても重《おも》くて、一点《いってん》ですんだことに、ぼくは九死《きゅうし》に一生《いっしょう》を得《え》た思《おも》いだった。地獄《じごく》だからみんな死《し》んでるけど。

「どうだった。シュリケンズの打線《だせん》は」

味方《みかた》の攻撃《こうげき》。ベンチに座《すわ》っていると、となりの信長《のぶなが》が前《まえ》をむいたまま、ぼくに問《と》いかけてくる。

「――うん。思《おも》ったよりも強《つよ》かった。ゆだんしちゃった」

「そうか」

信長《のぶなが》は息《いき》をひとつついてから、

「なぜゆだんした？」

今度《こんど》はぼくのほうを見《み》ていった。

「なぜって……」

ぼくは頭《あたま》の中《なか》で理由《りゆう》をさがす。でも、ちゃんとした理由《りゆう》はうかんでこなかった。

「わからぬか」

「……うん……」

「いいか、虎太郎《こたろう》よ」

信長《のぶなが》の声《こえ》に力《ちから》がこもる。

「貴様《きさま》が相手《あいて》にゆだんした、その理由《りゆう》をじっくり考《かんが》えろ。そこにシュリケンズと戦《たたか》うヒントがある」

「え、うん。でも、……教《おし》えてくれないの？」

「あまえるな。自分《じぶん》で気《き》づかぬと意味《いみ》がない。考《かんが》えるのだ」

信長《のぶなが》はそういって前《まえ》をむいた。ちょっとくらい教《おし》えてくれてもいいのに……。

少《すこ》し不満《ふまん》に思《おも》いながら、ぼくも前《まえ》をむく。そこではファルコンズの一番《ばん》バッター、井伊《いい》直虎《なおとら》が打席《だせき》にはいったところだった。

井伊《いい》直虎《なおとら》は男《おとこ》のひとみたいな名前《なまえ》だけど、女《おんな》のひと。ちょっとこわいけどやさしいお姉《ねえ》さんで、ここぞってときにたよりになる。きっと今回《こんかい》だって……。

「うっし、こいよ、忍者《にんじゃ》め！　あんなにかわいい虎太郎《こたろう》をやりやがって！　あたしが仇《かたき》をうってやる！」

別《べつ》に、ぼくはまだやられたわけじゃないけど、井伊《いい》直虎《なおとら》の気合《きあ》いはじゅうぶんだ。

「ふふふ……。井伊《いい》直虎《なおとら》どのよ。意気《いき》ごみだけで、わたしのボールは打《う》てぬぞ」

マウンドにいる霧隠才蔵《きりがくれさいぞう》は、くちびるのはしを少《すこ》し持《も》ちあげた。

「いったな、霧隠才蔵《きりがくれさいぞう》！　かっ飛《と》ばしておまえを地獄《じごく》に送《おく》ってやるぜ！」

「ふっ。それはこちらのセリフ！」

そもそもここは地獄《じごく》なんだけど……。ぼくはこころの中《なか》でツッコミをいれるけど、ふたりは真剣《しんけん》そのものだ。

「では、いくぞ！」

しばらくのにらみあいのあと、霧隠才蔵《きりがくれさいぞう》はそういって腕《うで》をふりかぶる。そして、

『手裏剣《しゅりけん》ストレート！』

そういうと横《よこ》から右腕《みぎうで》をのばし、ビュッとその指先《ゆびさき》からボールを投《な》げこんだ。

「サイドスローか！」

ぼくはおもわずたちあがった。サイドスローとは体《からだ》の横《よこ》から腕《うで》をまわす投《な》げかたで、横《よこ》に角度《かくど》がつくためにバッターにとっては打《う》ちにくい。でも、

「もらったぜ！」

井伊直虎《いいなおとら》はそう叫《さけ》んで、バットをまわす。

そうだ！　角度《かくど》がついたくらいだったら、きっと井伊直虎《いいなおとら》なら打《う》てる！　その証拠《しょうこ》にふられたバットは、確実《かくじつ》にボールをとらえるコースだ！

と、思《おも》っていたら！

「あ、あわわわわっ」

井伊直虎《いいなおとら》は前《まえ》につんのめって、まるでおよぐように体勢《たいせい》をくずしてしまう。なぜならボールはググッと、井伊直虎《いいなおとら》から逃《に》げるように変化《へんか》したから。それはまるで車《くるま》がカーブをまがるような変化《へんか》で、

「ストライク！」

井伊直虎《いいなおとら》はスカッと空《から》ぶりして、審判《しんぱん》のコールをひびかせた。

「なんだと！　うねるようにまがったぞ！」

「また、みょうな変化球《へんかきゅう》を使《つか》いおる……。忍術《にんじゅつ》のひとつか？」

ファルコンズベンチがざわめきだす。それくらい、霧隠才蔵《きりがくれさいぞう》のボールはすごいまがりかただった。そう、まるで手裏剣《しゅりけん》のように……。

「ふっ。どうだった。わたしの『手裏剣《しゅりけん》スライダー』は」

霧隠才蔵《きりがくれさいぞう》がとくいげにいう。でも井伊直虎《いいなおとら》はその場《ば》で足《あし》ぶみをして、プンプン怒《おこ》った顔《かお》で霧隠才蔵《きりがくれさいぞう》を指《ゆび》さした。

「きたねえぞ！　手裏剣《しゅりけん》ストレートっていったじゃねえか！」

「ひとの心理《しんり》をあやつるのも、わたしの忍術《にんじゅつ》だよ」

霧隠才蔵《きりがくれさいぞう》は悪《わる》びれない。たしかぼくからヒットを打《う》ったときもあんな感《かん》じだったし、まじめに見《み》えてなんてひとなんだろう。

「ねえ、虎太郎《こたろう》クン、スライダーって、ああいうボールのことをいうの？」

ヒカルがベンチのうしろから聞《き》いてきた。

「うん、そうだよ。スライダーっていうのは基本的《きほんてき》に、投《な》げた腕《うで》の反対方向《はんたいほうこう》へ、ななめにしずんでいくボールなんだけど……」

ぼくはヒカルにそう説明《せつめい》する。

ただ霧隠才蔵《きりがくれさいぞう》の球《たま》はななめにしずむどころか、ほとんど真横《まよこ》にまがっていた。むかし、折《お》り紙《がみ》で折《お》って投《な》げた、手裏剣《しゅりけん》と同《おな》じようなまがりかただ。ブーメランとかの軌道《きどう》に近《ちか》いかもしれない。

サイドスローで投《な》げて、あそこまで横《よこ》にまがるんじゃ、打者《だしゃ》から見《み》てボールの軌道《きどう》は読《よ》みにくいだろう。かなりやっかいそうだ。

「見《み》たか、ファルコンズよ！」

霧隠才蔵《きりがくれさいぞう》は、そういってこっちを見《み》た。

「手裏剣《しゅりけん》スライダーは手裏剣《しゅりけん》をもとにして、長《なが》い苦労《くろう》の果《は》てに編《あ》みだしたわたしの必殺《ひっさつ》ボールだ！　これで我《われ》らシュリケンズは、歴史《れきし》を変《か》えて時代《じだい》の表舞台《おもてぶたい》にたつ！」

「そうだぜ！」

キャッチャーの猿飛佐助《さるとびさすけ》も、マスクをぬいでつづいた。

「おれたちの支《ささ》えで歴史《れきし》はなりたってきたんだ！　それなのに、誰《だれ》もおれたちの働《はたら》きに注目《ちゅうもく》しない……。そんな歴史《れきし》は、変《か》わったほうがいい！　変《か》えてやるんだ！」

シュリケンズのふたりはそういって、こちらをにらみつける。すごい気迫《きはく》だった。

そんなに、みんなの注目《ちゅうもく》を集《あつ》める戦国武将《せんごくぶしょう》たちがうらやましいのか……。そう思《おも》うとぼくは気持《きも》ちが高《たか》まって、手《て》をぐっとにぎった。

――負《ま》けられない。そんな理由《りゆう》ならなおさらだ。

だって、たとえば現世《げんせ》のプロ野球選手《やきゅうせんしゅ》たちだって、いっぱい練習《れんしゅう》したからこそ、いま、ああやって活躍《かつやく》している。

だからうらやましいなんて理由《りゆう》で、簡単《かんたん》に表舞台《おもてぶたい》にはたてないんだ。そこにたつには、とてもすごい量《りょう》の努力《どりょく》がいるんだから。裏方《うらかた》をしているひとには、きっとわからないよ。

――見《み》てろ。ぼくがそれを教《おし》えてやる！

二回表《かいおもて》

教《おし》えてやるつもりだったんだけど、なかなか思《おも》うようにはいかないのが現実《げんじつ》だったりする。

一回裏《いっかいうら》のファルコンズは、けっきょく三者凡退《さんしゃぼんたい》。

霧隠才蔵《きりがくれさいぞう》のストレートと手裏剣《しゅりけん》スライダーは手《て》ごわくて、目《め》がなれるまでもう少《すこ》しかかりそうだ。

そして二回表《かいおもて》、シュリケンズの攻撃《こうげき》。

ぼくはなんとか七番《ばん》、八番《ばん》をおさえてツーアウトをとったけど、九番《ばん》バッターの服部半蔵《はっとりはんぞう》にヒットを許《ゆる》してしまった。

短《みじか》い白髪頭《しらがあたま》に短《みじか》い白《しろ》ヒゲを生《は》やした元気《げんき》なおじいさんで、けっこうガッチリした体格《たいかく》のひとだ。

「くっくっくっ。小僧《こぞう》よ。ワシを塁《るい》にだしたこと、後悔《こうかい》させてやろう」

服部半蔵《はっとりはんぞう》はするどい目《め》つきでいった。なんか、ちょっと気配《けはい》がただ者《もの》じゃないぞ……。

そういえば名前《なまえ》も、どこかで聞《き》いたことがある気《き》がするし。

『服部半蔵《はっとりはんぞう》さんは、徳川家康《とくがわいえやす》さんの部下《ぶか》だった有名《ゆうめい》な忍者《にんじゃ》だよ』

一塁《るい》を見《み》ていると、ヒカルがテレパシーで話《はな》しかけてくる。

『伊賀流《いがりゅう》の忍者《にんじゃ》で、忍者界《にんじゃかい》では出世頭《しゅっせがしら》なんだ。江戸城《えどじょう》の門《もん》のひとつに「半蔵《はんぞう》」の名前《なまえ》がつけられて、服部家《はっとりけ》にはその門《もん》を守《まも》る役割《やくわり》まであたえられていたの』

『あ、思《おも》いだした。それ、「半蔵門《はんぞうもん》」だね』

どこかで名前《なまえ》を聞《き》いたことがあると思《おも》ったんだ。東京《とうきょう》にある駅《えき》の名前《なまえ》。あれは服部半蔵《はっとりはんぞう》の名前《なまえ》からとられていたのか。

そんなにすごいひとだったなら、さっきはもうちょっと慎重《しんちょう》に投《な》げたほうがよかったかもしれない。でも塁《るい》にだしちゃったのはしかたないし、ツーアウトからの一塁《るい》ランナーだ。

そんなに警戒《けいかい》しなくてもだいじょうぶだろう。

ぼくは気《き》をとりなおして前《まえ》をむいた。そして打席《だせき》にはいった一番《ばん》の松尾芭蕉《まつおばしょう》にむかって、投球動作《とうきゅうどうさ》にうつる。

ここで一番《ばん》をしとめたら終《お》わりなんだ。かならずアウトにしてやるぞ。まずは足《あし》をあげて……、と、いつものようにボールを投《な》げようとしたら、

『虎太郎《こたろう》クンッ』

ヒカルの声《こえ》が頭《あたま》にひびく。こんなときにどうしたんだろう。疑問《ぎもん》が頭《あたま》をかすめたら、なぜだかキャッチャーの徳川家康《とくがわいえやす》もあせった顔《かお》。

まさか！

ぼくはボールを投《な》げてから体《からだ》をふせて、サッと一塁《るい》に目《め》をはしらせる。でもそこに服部《はっとり》半蔵《はんぞう》の姿《すがた》はない。――やっぱり、盗塁《とうるい》か！

ぼくはそのまま二塁《るい》に視線《しせん》をうつす。しかし！

「セーフ！　セーフ！」

そこでは毛利元就《もうりもとなり》のタッチをかいくぐって、服部半蔵《はっとりはんぞう》の足《あし》が二塁《るい》ベースにふれていた。

まんまと盗塁《とうるい》されてしまった……。

「くそっ！」

でも、だんだんわかってきたぞ。

シュリケンズは、こっちのスキを見逃《みのが》してくれない。しつこくそこをついてくる野球《やきゅう》をするんだ。ぼくのゆだんだって、いつも巧《たく》みについてきて気《き》が抜《ぬ》けない。いまの盗塁《とうるい》だってそうだ。

「虎太郎《こたろう》クン、きりかえろ！　打者《だしゃ》に集中《しゅうちゅう》だ」

「う、うん……」

ぼくは徳川家康《とくがわいえやす》に返事《へんじ》をする。

まあ、ランナーは二塁《るい》になっちゃったけど、ツーアウトには変《か》わりがない。バッターをおさえたらチェンジだ。冷静《れいせい》にならないと。

「いくよ！」

ぼくはもう一度《ど》足《あし》をあげる。すると、

『ま、またっ！』

ヒカルの声《こえ》が聞《き》こえた。そして今度《こんど》はぼくの目《め》のすみにも、影《かげ》がチラッとうつる。

「小僧《こぞう》！　今回《こんかい》ももらったぞ！」

はしりながら服部半蔵《はっとりはんぞう》が大《おお》きな声《こえ》をあげた。また盗塁《とうるい》してるんだ！　三塁《るい》への盗塁《とうるい》は、二塁《るい》よりもむずかしいのに！

「くそっ！」

ぼくはできるだけ投球動作《とうきゅうどうさ》を速《はや》めて、力《ちから》いっぱいボールを投《な》げる。そしてそれを受《う》けとった徳川家康《とくがわいえやす》は必死《ひっし》に三塁《るい》へ送球《そうきゅう》するけど、

「セーフ！」

今回《こんかい》も、服部半蔵《はっとりはんぞう》は盗塁成功《とうるいせいこう》。一塁《るい》ランナーだったはずの服部半蔵《はっとりはんぞう》は、たった二球《きゅう》で三塁《るい》まで到達《とうたつ》してしまった。

「カッカッカ！　まだまだ若《わか》いもんには負《ま》けんわい！」

三塁《るい》でわらい声《ごえ》をあげる服部半蔵《はっとりはんぞう》。ぼくはそれがとてもくやしくて、マウンドの土《つち》をけっ飛《と》ばした。

『すごいね、服部半蔵《はっとりはんぞう》さん』

ヒカルが声《こえ》をかけてくる。

『うん。……たしかにすごい』

くやしいけど、それは思《おも》う。あんなに盗塁《とうるい》がとくいなんて、思《おも》わなかった。しかも盗塁《とうるい》する寸前《すんぜん》まで気配《けはい》を感《かん》じない。

『ねえ、虎太郎《こたろう》クン。四百年《よんひゃくねん》くらい前《まえ》にさ、信長《のぶなが》さんが本能寺《ほんのうじ》の変《へん》で、明智光秀《あけちみつひで》さんにやられちゃったとき、あったじゃない？』

『え、うん』

そんな、昨日《きのう》のテレビ番組《ばんぐみ》を話《はな》す感《かん》じでいうのもどうかと思《おも》うけど。

『あのときね、服部半蔵《はっとりはんぞう》さんは、危険《きけん》が迫《せま》った徳川家康《とくがわいえやす》さんを、いまの愛知県《あいちけん》まで敵《てき》に気《き》づかれずに逃《に》がしたことがあったんだよ。あのあたりは明智光秀《あけちみつひで》さんのなわばりだったけど、伊賀《いが》の独自《どくじ》ルートを使《つか》ったんだ。徳川家康《とくがわいえやす》さんはとても感謝《かんしゃ》したんだよ』

『え？　気《き》づかれずに愛知県《あいちけん》まで逃《に》がしたって、それってまさか……』

『うん。だから服部半蔵《はっとりはんぞう》さん、敵《てき》の目《め》をくぐって目的《もくてき》の場所《ばしょ》までいく盗塁《とうるい》が、きっととくいなんだよ』

そんな……。でもたしかに、忍者《にんじゃ》ってそういうのがとくいそう……。

っていうかもうこれ、いくら相手《あいて》が忍者《にんじゃ》だからって、あんまりのんきにかまえていられ

ないぞ。ツーアウトで三塁《るい》。かなりピンチだ。どう投《な》げよう？　そう思《おも》っていると、

「ほぉほぉほぉ。お手《て》やわらかにたのみますぞ」

打席《だせき》にいる松尾芭蕉《まつおばしょう》が、おだやかな笑《え》みでそういった。でも、ぼくはバットをかまえる松尾芭蕉《まつおばしょう》に首《くび》をかしげる。

『ねえ、ヒカル。このひと、いくらぼくでも知《し》ってるんだけど……。俳句《はいく》を詠《よ》むひとだよね？　さっきから思《おも》ってたけど、どうして忍者集団《にんじゃしゅうだん》のシュリケンズにいるの？』

『たしかに松尾芭蕉《まつおばしょう》さんは俳句《はいく》を詠《よ》む俳人《はいじん》だけど、じつは裏《うら》の顔《かお》があったんだってウワサされてるんだ』

ヒカルがナイショ話《ばなし》をするような口調《くちょう》でこたえた。

『裏《うら》の顔《かお》？』

『そう。松尾芭蕉《まつおばしょう》さんは東北《とうほく》にいったことがあるんだけど、旅《たび》した距離《きょり》を旅《たび》の日《ひ》にちで割《わ》ったら、一日《にち》あたりの移動距離《いどうきょり》がふつうじゃ無理《むり》なくらい、長《なが》くなるんだ。それに出身《しゅっしん》は伊賀《いが》だし、自由《じゆう》に旅行《りょこう》できなかった時代《じだい》に、何度《なんど》も旅《たび》にでているの。だからもしかしたら忍者《にんじゃ》かもって、長《なが》い間《あいだ》いわれてきたんだよ』

『なるほど……』

でも、打席《だせき》にたつ松尾芭蕉《まつおばしょう》は、とてもそうは見《み》えない。忍者《にんじゃ》なんかじゃなくて、見た目《みため》はただのおだやかなおじいさんだ。

一回《いっかい》でもこのひとはおさえたし、今回《こんかい》だっておさえられるはず。ツーアウトだからスクイズもないだろうし。

「じゃあ、いくよ！」

ぼくはふりかぶると腕《うで》をしならせ、松尾芭蕉《まつおばしょう》にボールを投《な》げた。

一直線《いっちょくせん》にキャッチャーミットにむかうボールは悪《わる》くなくって、これならストライクをとれそうだ。

ぼくは投《な》げた体勢《たいせい》をもとにもどしながらそう思《おも》うけど、

「――地獄甲子園《じごくこうしえん》や」

松尾芭蕉《まつおばしょう》は、しずかにそんなことをいって身《み》がまえる。――なにをするつもり？　ぼくは松尾芭蕉《まつおばしょう》をじっと見《み》た。

「ボール飛《と》びこむ」

せ・も
ま指
甲子園や
ボール飛びこむ
バットの音
OKEHAZAMA
Falcons

ここで体《からだ》にタメをつくると、

「バットの音《おと》！」


そういって松尾芭蕉《まつおばしょう》はバットをフルスイング！

カキーンと音《おと》を鳴《な》らし、ぼくが投《な》げた球《たま》をクリーンヒットした。ボールはまっすぐにレフト方向《ほうこう》へ。

「なにそれっ！」

ぼくはおもわず叫《さけ》んでしまう。すると松尾芭蕉《まつおばしょう》は一塁《るい》へはしりながら、

「ほっほっほ。少年《しょうねん》よ。これぞ俳句打法《はいくだほう》。俳句《はいく》でリズムをとって、それでボールを打《う》つバッティングじゃよ」

と、とくいげにそういった。しかも足《あし》がめっちゃ速《はや》い。

「くっ！」

あんな変《へん》な打《う》ちかたで……。ぼくは打《う》たれた打球《だきゅう》を目《め》で追《お》う。

なんとか守備《しゅび》にキャッチしてほしかったけど、レフトの前田慶次《まえだけいじ》がのばした手《て》は、もうちょっとのところで届《とど》かない。ボールはレフトの前《まえ》に、ポトリとおちた。

するとそれをかくにんしてから、三塁《るい》ランナーの服部半蔵《はっとりはんぞう》は、そのままゆうゆうとはしってホームイン。

これで0―2になっちゃって、また点差《てんさ》をひろげられてしまった。先制《せんせい》された上《うえ》に追加《ついか》点《てん》まで許《ゆる》してしまうなんて……。

でもたしかに変《へん》なバッティングだけど、松尾芭蕉《まつおばしょう》のあたりもよかった。

相手《あいて》は忍者《にんじゃ》なのに、なんて手《て》ごわいんだ。本当《ほんとう》にゆだんなんかしていられない。全力《ぜんりょく》で投《な》げないとやられてしまう。そう思《おも》っていると、

「ほっほっほっ」

松尾芭蕉《まつおばしょう》が一塁《るい》でよゆうのわらい声《ごえ》。

「わたしをただの俳人《はいじん》と思《おも》うなかれ、少年《しょうねん》よ。なぜならわたしは俳句《はいく》のかたわら、隠密《おんみつ》もしていたスーパー俳人《はいじん》。そうそうアウトには……。――あっ！」

松尾芭蕉《まつおばしょう》は話《はなし》の途中《とちゅう》、いきなり大声《おおごえ》をあげて頭《あたま》をかかえた。もしかして、なにかミス

を？

「ど、どうしたの？」

ぼくが松尾芭蕉《まつおばしょう》に聞《き》くと、

「さっきの俳句《はいく》、季語《きご》いれるのわすれた……。しかも字余《じあま》り……」

って、いま、どうでもいいよ！

3章《しょう》　伝《でん》説《せつ》のくノ一《くのいち》と秀《ひで》吉《よし》のメモ

	1	2	3	4	5	6	7	8	9	計	H	E
琵琶湖	1	1								2	4	0
桶狭間	0									0	0	0

OKEHAZAMA Falcons

1	井伊　直虎	中
2	毛利　元就	遊
3	本多　忠勝	右
4	織田　信長	一
5	真田　幸村	三
6	徳川　家康	捕
7	前田　慶次	左
8	伊達　政宗	目
9	山田虎太郎	投

B
S
O

UMPIRE

CH	1B	2B	3B
赤鬼	青鬼	黒鬼	桃鬼

BIWAKO SHURIKENS

1	松尾　芭蕉	中
2	雑賀　孫市	遊
3	霧隠　才蔵	投
4	猿飛　佐助	捕
5	児　雷　也	三
6	望月千代女	右
7	鼠　小　僧	左
8	風魔小太郎	目
9	服部　半蔵	一

二回裏《かいうら》

バッターボックスをながめていると、そこでは真田幸村《さなだゆきむら》が三振《さんしん》していて、これでファルコンズはツーアウト。

二回表《かいおもて》はなんとか一失点《しってん》でのりきったけど、ファルコンズの攻撃《こうげき》はパッとしない。霧隠《きりがくれ》才蔵《さいぞう》の手裏剣《しゅりけん》スライダーとストレートのくみあわせに苦戦《くせん》している。

もうそろそろ、目《め》がなれてきてもいいと思《おも》うんだけど……。

考《かんが》えていると、

「ところで虎太郎《こたろう》」

信長《のぶなが》がとなりに座《すわ》って、話《はな》しかけてきた。

「うん。なに？」

「さっきも聞《き》いたが貴様《きさま》はなぜ、忍者集団《にんじゃしゅうだん》のシュリケンズに勝《か》てると思《おも》っているのだ？ヤツらも裏方仕事《うらかたしごと》のプロであるぞ」

「え？　どうしてわかるの」

「あたり前《まえ》じゃ。会話《かいわ》の中《なか》からそのような考《かんが》えがにじみでておるわ」

「そう……」

ぼくはそういって、信長《のぶなが》に現世《げんせ》であったことを話《はな》しはじめた。


昨日《きのう》のことだ。

現世《げんせ》のチームが、同《おな》じ地域《ちいき》のライバルチームと試合《しあい》をした。

苦戦《くせん》はしたけど、ぼくはなんとか九回《かい》を投《な》げ抜《ぬ》き、相手《あいて》に勝《か》てた。

苦労《くろう》のかいあって、友《とも》だちやチームメイト、観戦《かんせん》していたみんなのお父《とう》さんやお母《かあ》さん、それに相手《あいて》からだって、ぼくはほめられた。でも……、

「礼《れい》くらい、いったらどうなんだよ」

自分《じぶん》の荷物《にもつ》を持《も》ってベンチをでると、その日《ひ》、ひかえにまわっていたピッチャーの友《とも》だちが、ぼくにそんなことをいってきた。

さっきまではみんなと同《おな》じように、ぼくに拍手《はくしゅ》をくれていたのに……。

「礼《れい》？　なんの？」

ぼくは聞《き》きかえす。なんだか機嫌《きげん》が悪《わる》そうだ。

「とぼけんなよな。他《ほか》のヤツらは、みんなおれに『ありがとう』っていったぜ。ちょっとほめられて、調子《ちょうし》にのってるんじゃないの？」

友《とも》だちはくちびるをとがらせる。でも、ぼくはなんのことかわからない。首《くび》をかしげていると、

「ホントにわかんないのかよ」

友《とも》だちはあきれたようにいった。

「投球練習《とうきゅうれんしゅう》のときにボールを受《う》けたのもおれだろ？　試合前《しあいまえ》と試合途中《しあいとちゅう》にトンボかけて、荒《あ》れたグランドをならしたのも、おれだ。審判《しんぱん》のオジさんにボールを渡《わた》したのもおれだし、走塁《そうるい》コーチしてたのもおれだし、今日《きょう》の球《たま》ひろいだっておれだ」

「そ、そんなの」

ぼくは身《み》がまえて反論《はんろん》する。

「そんなの、裏方仕事《うらかたしごと》じゃないか。相手《あいて》に勝《か》ったのは、レギュラーががんばったからだよ。そっちこそ、チームを勝《か》たせたぼくたちに、お礼《れい》くらいいうべきなんじゃないの？」

ここまでいうつもりはなかったけど、売《う》り言葉《ことば》に買《か》い言葉《ことば》だった。

そのあと、他《ほか》のチームメイトがとめてくれるまで、その友《とも》だちとはちょっとにらみあいみたいになっちゃって、けっきょく、険悪《けんあく》なふんいきのまま帰《かえ》ることになった。

でも、ぼくはまちがったことをいっていないと思《おも》う。だって裏方仕事《うらかたしごと》なんて、表《おもて》にでないものばっかりじゃないか。

そんなのを鼻《はな》にかけるなんて、どうかしてる。

体《からだ》をはるのはレギュラーなのに。

「なるほどのう」

信長《のぶなが》は腕《うで》をくむ。

「信長《のぶなが》さんもそう思《おも》わない？　今日《きょう》だったら、試合《しあい》が終《お》わったあとに秀吉《ひでよし》さんにお礼《れい》をいうようなものだよ。なにもしてないのと同《おな》じなのにさ」

「そうか」

信長《のぶなが》はこっちをむいた。見《み》ると怒《おこ》っているわけでも、わらっているわけでもない表情《ひょうじょう》だった。

「虎太郎《こたろう》。ひとつ予言《よげん》しておいてやろう」

「ん？　なにを？」

ぼくはきょとんとして聞《き》きかえす。

「貴様《きさま》はこの試合《しあい》が終《お》わったあと、秀吉《ひでよし》に礼《れい》をのべる。それが予言《よげん》じゃ」

「ぼくが？　礼《れい》を？」

どうして？　表情《ひょうじょう》でそう問《と》いかけると、

「いいか。はっきりいっておいてやる。それすらできぬようであれば、貴様《きさま》に野球《やきゅう》をする資格《しかく》はない。貴様《きさま》には大《おお》きくまちがっているところがある」

信長《のぶなが》はそういってたちあがった。そしてベンチの奥《おく》にいくと、コップの水《みず》を口《くち》にする。

秀吉《ひでよし》が用意《ようい》していたものだ。

信長《のぶなが》、いったいなんのことをいったんだろう。野球《やきゅう》をする資格《しかく》がないって……。

ぼくは信長《のぶなが》を見《み》ながら考《かんが》えた。でも、やっぱりぼくには秀吉《ひでよし》に礼《れい》をいうべき理由《りゆう》が見《み》あたらない。

秀吉《ひでよし》が、ぼくになにかしてくれるのかな？

うーん、なんだろう。

と、いくら頭《あたま》をひねってもわからない。でもこたえがわからないと信長《のぶなが》が怒《おこ》りそうな気《き》もするし、なにより野球《やきゅう》をする資格《しかく》がないとまでいわれているので、なんだかひっかかりができた気持《きも》ちだ。

まあ、ぼくがお礼《れい》をいうってことなんだから、秀吉《ひでよし》からきっとなにかあるのだろうとは思《おも》う。それなら、そのときになったらわかるか。

ぼくはそう思《おも》うと、気《き》をとりなおすようにうしろを見《み》た。

そこではファルコンズのメンバーが輪《わ》になっていて、

「もうちょっとだけ前《まえ》でかまえてみてはどうじゃ？」

「いや、それよりも、みんなのにがてを攻《せ》められんように工夫《くふう》しなければならん。真田幸《さなだゆき》村《むら》どのはインコースがにがてで、本多忠勝《ほんだただかつ》どのは低《ひく》めがにがてだから……」

と、話《はな》しあっているところだった。ベンチの中《なか》は作戦会議《さくせんかいぎ》みたいになっていて、一回《いっかい》かずっとみんながこの調子《ちょうし》だ。

そうだ。バッターはバッターでがんばってる。レギュラーとしての責任《せきにん》をはたそうとして必死《ひっし》なんだ。ぼくだって忍者《にんじゃ》に足《あし》をすくわれないように、がんばらなきゃいけない。ぼくはそう思《おも》って、前《まえ》を見《み》る。

そこでは今日《きょう》、ひかえの秀吉《ひでよし》が三塁《るい》の走塁《そうるい》コーチになり、じぃーっと注意《ちゅうい》ぶかく、マウンドの霧隠才蔵《きりがくれさいぞう》をながめていた。

「なに見《み》てるの、秀吉《ひでよし》さん」

ぼくは大《おお》きな声《こえ》で、三塁《るい》のそばにたつ秀吉《ひでよし》に聞《き》いた。もしかすると信長《のぶなが》の話《はなし》のヒントがなにかあるかもしれない。

「ん？　なにって、もちろん霧隠才蔵《きりがくれさいぞう》じゃよ」

「どうして？」

秀吉《ひでよし》はひかえで打席《だせき》にはたたないし、打力《だりょく》を考《かんが》えると代打《だいだ》にでるのも考《かんが》えにくい。霧隠《きりがくれ》才蔵《さいぞう》を観察《かんさつ》する理由《りゆう》はないと思《おも》うんだけど。

「そりゃおぬし、相手《あいて》の弱点《じゃくてん》を発見《はっけん》するためにきまっておるだろうが。レギュラーだけにまかせておけんわい」

「え、そうなんだ……」

ぼくは返事《へんじ》をしながら、ちょっと秀吉《ひでよし》に感心《かんしん》してしまう。

レギュラーからひかえにまわったのに、ちゃんと裏方《うらかた》仕事《しごと》をしているなんて……。ぼくだったら、くさってベンチでむくれているかも……。もしかして、信長《のぶなが》がよっぽどこわいのかな。

「ま、ワシだって自分《じぶん》がこんなことするとは思《おも》わんかったが」

秀吉《ひでよし》はぼくの考《かんが》えを見抜《みぬ》いたようにいった。

「やってみれば、なかなかおもしろいぞ。やりがいもある。ワシ、裏方《うらかた》の仕事《しごと》を見《み》なおしたわい」

「見《み》なおした？　裏方《うらかた》の仕事《しごと》を？」

「そう。やっぱりチームを勝《か》たせたいという思《おも》いはのう、レギュラーと一緒《いっしょ》なんじゃ。見《み》ておれ、虎太郎《こたろう》。ワシが敵《てき》の情報《じょうほう》を徹底的《てっていてき》に集《あつ》めて、かならずチームを勝利《しょうり》にみちびいてやるぞい。生前《せいぜん》、武将《ぶしょう》だったころの血《ち》が騒《さわ》ぐわ」

鼻息《はないき》を荒《あら》くする秀吉《ひでよし》。気持《きも》ちはうれしいし情報《じょうほう》もありがたいけど、やっぱりチームを勝《か》たせるのは選手《せんしゅ》だよ。体《からだ》をはってがんばっているんだから。

ぼくがそう思《おも》うと、
キンッ
というにぶい音《おと》が、バッターボックスから聞《き》こえてくる。

目《め》をうつすと、そこでは打者《だしゃ》の徳川家康《とくがわいえやす》があちゃーって顔《かお》で、霧隠才蔵《きりがくれさいぞう》のボールを打《う》ちそこねたところだった。打球《だきゅう》はレフトに高々《たかだか》とあがっている。

「オーライ！」

レフトを守《まも》る鼠小僧《ねずみこぞう》はそうかけ声《ごえ》をあげると、真上《まうえ》にグラブをかかげて、なんなくそれをキャッチ。これでスリーアウトになって、鼠小僧《ねずみこぞう》はとったそのボールを内野《ないや》にひょいとかえした。すると、

「む……」

秀吉《ひでよし》の目《め》が、まるでバナナを見《み》つけたときのようにするどくなる。

「どうしたの？」

ベンチに帰《かえ》ってきた秀吉《ひでよし》に聞《き》いてみる。

「いや……。レフトの鼠小僧《ねずみこぞう》、ちょっと返球《へんきゅう》の動作《どうさ》がおそいと思《おも》うてな……」

「？　フライアウトだったからじゃない？　ヒットだったら、たぶんもっとはやくやると思《おも》うよ」

「そうかのう……。さっきからあのレフト、ちょっと動《うご》きがダラダラしとるんじゃが。肩《かた》だってよくなさそうじゃし」

秀吉《ひでよし》は考《かんが》えこんで腕《うで》をくんだ。けっこう真剣《しんけん》に見《み》ているみたいだ。

ぼくは、

「まあ、相手《あいて》に弱点《じゃくてん》があったら教《おし》えてよ」

って期待《きたい》せずに秀吉《ひでよし》にいってから、グラブを手《て》にはめる。そして気合《きあ》いをいれながらマウンドにむかった。

さあ、これ以上《いじょう》の失点《しってん》はできないぞ。もうゆだんなんてしない。秀吉《ひでよし》の裏方仕事《うらかたしごと》にたよっている場合《ばあい》じゃないんだ。

ぼくは歩《ある》きながらそう思《おも》って、くちびるをきゅっとむすんだ。

四回表《かいおもて》

三回《かい》はおたがいに三者凡退《さんしゃぼんたい》になって、いよいよ試合《しあい》も中盤《ちゅうばん》の四回《かい》。

シュリケンズの攻撃《こうげき》で、打席《だせき》にはいるのは六番《ばん》の望月千代女《もちづきちよめ》だ。相手《あいて》チームでゆいいつの、かわいらしい女《おんな》の子《こ》。巫女《みこ》さんのかっこうをしている。

「お手《て》やわらかにね♡　虎太郎《こたろう》クン」

「え、あ、うん。こちらこそ」

マウンドから返事《へんじ》をすると、望月千代女《もちづきちよめ》はこっちにむかってウインクする。それにおもわずてれちゃうぼく。

『虎太郎《こたろう》クン、変《へん》な顔《かお》してる場合《ばあい》じゃないよ。バッターに集中《しゅうちゅう》しないと！』

ヒカルが注意《ちゅうい》する口調《くちょう》で、頭《あたま》の中《なか》に話《はな》しかけてくる。

『へ、変《へん》な顔《かお》してないよ！　でも、ヒカル。思《おも》ったんだけど、忍者《にんじゃ》って女《おんな》の子《こ》もいたんだね。危《あぶ》ない力仕事《ちからしごと》が多《おお》いだろうから、男《おとこ》だけと思《おも》ってた』

『もちろん、いるよ。女《おんな》の子《こ》の忍者《にんじゃ》は、「くノ一《くのいち》」って呼《よ》ばれていたんだ』

『くノ一《くのいち》？』

『そう。ひらがなの「く」と、カタカナの「ノ」と、漢数字《かんすうじ》の「一」をくみあわせると、漢字《かんじ》の「女《おんな》」って字《じ》になるでしょ？　だから』

『ああ、なるほど』

ぼくは頭《あたま》の中《なか》で字《じ》を書《か》いてこたえた。

『望月千代女《もちづきちよめ》さんはとくに、武田信玄《たけだしんげん》さんの部下《ぶか》だったくノ一《くのいち》として有名《ゆうめい》なんだよ。歩《ある》き巫女《みこ》ってくノ一集団《くのいちしゅうだん》をまとめていたんだ』

あの武田信玄《たけだしんげん》の部下《ぶか》だったのか……。しかもくノ一《くのいち》なんて忍者集団《にんじゃしゅうだん》をまとめていたんなら、かなり手《て》ごわいのかもしれない。第《だい》一打席《だせき》はおさえたけど……。

もう、ゆだんなんてしないぞ。

「いくよ！」

ぼくはそういって、ふりかぶる。

「きゃっ。手《て》かげんしてねぇ♡」

望月千代女《もちづきちよめ》はアニメ声《ごえ》でそういうけど、もう気《き》にしない。

ぼくは足《あし》を前《まえ》にふみこませて体重《たいじゅう》をかけると、そのまま背中《せなか》から腕《うで》をまわして、キャッチャーミットめがけてボールを投《な》げこんだ。

——よし！

三回《かい》から、ボールがノッてきている。いま投《な》げた球《たま》もそうだ。

このボールなら、忍者《にんじゃ》なんて……。

そう思《おも》っていると、

「臨兵闘者皆陣列在前《りんぴょうとうしゃかいじんれつざいぜん》！」

望月千代女《もちづきちよめ》が、まるで気合《きあ》いをぼくはつさせるように声《こえ》をはりあげる。

「な、なにいってんの？」

さっきまでの乙女《おとめ》な様子《ようす》がうそのようだ。しかも見《み》ていると望月千代女《もちづきちよめ》の体《からだ》……。

「き、筋肉《きんにく》で巨大化《きょだいか》してるー！」

それはまるでボディビルダーのようで、ぼくは口《くち》を押《お》さえて小《ちい》さくなり、乙女《おとめ》のようにおどろいた。なにあれ、なんの忍術《にんじゅつ》？

「あたしはねえっ、気合《きあ》いで筋肉《きんにく》をふとくできるのよっ！」

望月千代女《もちづきちよめ》は野獣《やじゅう》のようにそう叫《さけ》び、

「マッスル！」

と、棒《ぼう》きれみたいになったバットをフルスイングした。それは見事《みごと》にぼくが投《な》げたボールをとらえ、左中間《さちゅうかん》を抜《ぬ》ける長打《ちょうだ》をはなつ。

「そ、そんな……」

ぼくはぼうぜんとしてしまう。ゆだんしたわけじゃなかったと思《おも》う。全力《ぜんりょく》で投《な》げたはずだ。それをこうもあっさり……。

『いまのは九字護身法《くじごしんぼう》だね』

ヒカルの声《こえ》が頭《あたま》にひびく。

『な、なんなの、それ……』

『打《う》つ前《まえ》の呪文《じゅもん》みたいなヤツのことだよ。兵《へい》に臨《のぞ》んで闘《たたか》う者《もの》は皆陣列前《みなじんれつまえ》に在《あ》り、っていってるんだ。ようするに、闘《たたか》うときは先頭《せんとう》にたってむかっていくってこと。忍者《にんじゃ》はそれで自《じ》分《ぶん》に暗示《あんじ》をかけて、強《つよ》くなれるの』

だからって、巨大化《きょだいか》して打《う》っちゃうなんて……。

もしかして……、ぼくの全力《ぜんりょく》って、シュリケンズにはつうじないのか？


この回《かい》、そのあとはさんざんだった。

望月千代女《もちづきちよめ》の盗塁《とうるい》、鼠小僧《ねずみこぞう》のスクイズ。

そしてきわめつけは、鬼《おに》のような顔《かお》と体格《たいかく》をした風魔小太郎《ふうまこたろう》のホームラン。

『風魔小太郎《ふうまこたろう》さんは、北条氏《ほうじょうし》の忍者《にんじゃ》だったたんだ』

打《う》ちこまれたぼくをなぐさめるように、ヒカルが説明《せつめい》する。

『言《い》い伝《つた》えでは「身長《しんちょう》二メートルにコブみたいな筋肉《きんにく》、黒《くろ》ヒゲにおおわれた顔《かお》に、牙《きば》が四本《ほん》」ってなってたけど、あれ、本当《ほんとう》だったんだね。あんな大《おお》きいひとが相手《あいて》じゃ、打《う》たれてもしかたないよ』

たしかに風魔小太郎《ふうまこたろう》のバッティングは強烈《きょうれつ》だったけど……。

でもそれ以上《いじょう》に、シュリケンズ自体《じたい》の強《つよ》さに、ぼくはとまどっていた。どうしてこんなに強《つよ》いチームが、忍者《にんじゃ》として裏方仕事《うらかたしごと》をしていたんだ……？

この回《かい》、二点《てん》をいれられて０―４。じわじわじわじわと、シュリケンズのこまかい野球《やきゅう》に押《お》されてきている。

このままじゃ、負《ま》けてしまう。

――確実《かくじつ》に。

四回裏《かいうら》

と、思《おも》っておちこんでいた四回裏《かいうら》。ファルコンズの攻撃《こうげき》。

打順《だじゅん》もひとまわりして目《め》がなれてきたのか、ようやく打線《だせん》が火《ひ》をふいた。

それも一番《ばん》の井伊直虎《いいなおとら》、二番《ばん》の毛利元就《もうりもとなり》、三番《ばん》の本多忠勝《ほんだただかつ》と、三者連続《さんしゃれんぞく》ヒットで満塁《まんるい》。

しかもノーアウトのまま、打席《だせき》には四番《ばん》の信長《のぶなが》である。

「ここがかんじんですぞ。信長様《のぶながさま》」

ファルコンズベンチの前《まえ》には秀吉《ひでよし》がそうつぶやきながら、三塁《るい》の走塁《そうるい》コーチとしてたっていた。バッターボックスにはいる信長《のぶなが》を注意《ちゅうい》ぶかく見《み》つめている。

たしかにここがファルコンズの正念場《しょうねんば》だ。信長《のぶなが》に祈《いの》るような気《き》持《も》ちでいると、

「お、これが秀吉《ひでよし》どののメモか」

ぼくのとなりではファルコンズのメンバーが、ベンチにおかれた秀吉《ひでよし》の手帳《てちょう》をかこんで、みんなでそれをながめていた。

ぼくもひょいとのぞくと、そこにはこまかい字《じ》でびっしりと、相手選手《あいてせんしゅ》のことが書《か》きこまれている。

「これはいい情報《じょうほう》が書《か》かれているぞ」

「なになに。風魔小太郎《ふうまこたろう》は低《ひく》めをつけばおさえられる……」

「鼠小僧《ねずみこぞう》は肩《かた》が弱《よわ》い……」

「雑賀孫市《さいかまごいち》は足《あし》が速《はや》いので注意《ちゅうい》、とある」

「猿飛佐助《さるとびさすけ》と霧隠才蔵《きりがくれさいぞう》のバッティングは、いまはまだ調査中《ちょうさちゅう》となっているな。やはり手《て》ごわいようだ」

「相手《あいて》のリードのクセや、ピッチングのクセもあるな。これはいい」

みんな真剣《しんけん》な顔《かお》で、その秀吉《ひでよし》メモを読《よ》んでいる。たしかに相手《あいて》のこまかい情報《じょうほう》が、そこには満載《まんさい》だ。

「すごいね、それ」

「うむ。信長《のぶなが》どのも、この秀吉《ひでよし》どののメモを見《み》てバッターボックスにむかわれた。ぜひ打《う》ってほしいのう」

徳川家康《とくがわいえやす》はうんうんとうなずく。

信長《のぶなが》も、これを見《み》たのか……。っていうことは、あの信長《のぶなが》もこれを認《みと》めたってことなのかな？　もしそうなら、すごいなあ、秀吉《ひでよし》の裏方仕事《うらかたしごと》。

ぼくはそう思《おも》いながら、目《め》を前《まえ》にむける。

――ここで点《てん》がはいらなきゃ、もうどうしようもない。

いまはそう思《おも》えるくらいのチャンスだ。

だってノーアウト満塁《まんるい》でバッター信長《のぶなが》。

相手《あいて》も必死《ひっし》におさえにくるだろうけど、こんな状況《じょうきょう》で点《てん》がはいらないなら、もうシュリケンズに勝《か》つ見《み》こみなんてなくなってしまう。

ぼくはそう思《おも》って、じっと試合《しあい》を見守《みまも》る。すると、

「三連打《れんだ》されてしまったか……」

マウンドの霧隠才蔵《きりがくれさいぞう》はそういって、足元《あしもと》の土《つち》をならした。そして足元《あしもと》におかれた、すべりどめの粉《こな》に手《て》をつける。まだ冷静《れいせい》さは失《うしな》っていないようだ。

「たまたま打《う》てたとはいえ、わたしたちシュリケンズはピンチのようだ。なんとかしなければなるまい」

「たまたまだと？」

信長《のぶなが》はニヤリとわらう。

「抜《ぬ》かせ。いまからその自信《じしん》を、このバットで打《う》ちくだいてくれる」

「わたしの自信《じしん》を？　強《つよ》がりはいいかげんにしたまえ」

「そうだぜ」

猿飛佐助《さるとびさすけ》も、キャッチャーマスクの中《なか》からニヤリとわらってみせた。

「才蔵《さいぞう》のボールは地獄一《じごくいち》だ。なかなか見切《みき》れねえよ」

「あまいわ」

信長《のぶなが》は表情《ひょうじょう》を変《か》えずにいった。

「猿飛佐助《さるとびさすけ》のリード、霧隠才蔵《きりがくれさいぞう》の球筋《たますじ》、見事《みごと》なものだったが、しかしファルコンズは全員《ぜんいん》がもう見抜《みぬ》いておる。三連打《れんだ》がいい証拠《しょうこ》じゃ。この回《かい》でかならず点《てん》をいれる」

信長《のぶなが》はあくまで強気《つよき》だけど……。全員《ぜんいん》が見抜《みぬ》いているって？

「ねえ、家康《いえやす》さん」

ぼくはもう一度話《どはな》しかけた。

「もしかして、ヒットを打《う》った井伊直虎《いいなおとら》さんと毛利元就《もうりもとなり》さんと本多忠勝《ほんだただかつ》さん、そのメモを見《み》て打《う》ったの？」

「ああ、もちろん」

徳川家康《とくがわいえやす》はケロッとした顔《かお》でこたえた。

「あやつらもファルコンズのはしくれじゃ。さいしょはクセの強《つよ》いボールにとまどったようじゃが、球筋《たますじ》やリードの情報《じょうほう》があれば打《う》てる。その情報《じょうほう》を、秀吉《ひでよし》どのが必死《ひっし》になって集《あつ》めてくれたのじゃ。感謝《かんしゃ》しなければのう」

「そうなんだ……」

やっぱりちょっと、見《み》なおしたかも。秀吉《ひでよし》の裏方仕事《うらかたしごと》。

あ、でも、待《ま》てよ……。

じゃあ、あの三人《にん》がそれを参考《さんこう》にしてヒットを打《う》ったんだったら、それならファルコンズ最強打者《さいきょうだしゃ》の信長《のぶなが》なら……。

ぼくがそう思《おも》うのと、打席《だせき》のほうからカミナリがおちたような音《おと》が鳴《な》るのは、ほぼ同時《どうじ》だった。そして、

「なにっ」

という声《こえ》は、めずらしくあせった霧隠才蔵《きりがくれさいぞう》のもの。

あわてて前《まえ》を見《み》ると、バッターボックスでは信長《のぶなが》がふり抜《ぬ》いたバットを投《な》げて、一塁《るい》に

はしりだしたところだった。打球《だきゅう》は左中間《さちゅうかん》を割《わ》る長打《ちょうだ》になっている。

「まわれまわれ！」

三塁走塁《るいそうるい》コーチの秀吉《ひでよし》が、ランナーにむかってグルグル腕《うで》をまわす。

するとランナーたちは秀吉《ひでよし》のサインを見《み》ながら、それぞれのベースをかけ抜《ぬ》け、つぎつぎとホームに帰《かえ》ってきた。

まずは井伊直虎《いいなおとら》が手《て》をたたきながらホームベースをふむと、さらに毛利元就《もうりもとなり》もつづき、そして本多忠勝《ほんだただかつ》も、全速力《ぜんそくりょく》でホームにむかう。

はたしてまにあうのか？

と思《おも》ったけど、レフトの鼠小僧《ねずみこぞう》が投《な》げたボールはおそい。

ボールがキャッチャーの猿飛佐助《さるとびさすけ》にかえってきたのは、本多忠勝《ほんだただかつ》がホームにすべりこんだあとだった。

「よっしゃあ！　これで三点《てん》じゃあ！」

走塁《そうるい》コーチの秀吉《ひでよし》が、うれしそうにぴょんぴょんはねた。

すごいぞ！　信長《のぶなが》の走者一掃《そうしゃいっそう》のタイムリーヒット！

相手《あいて》バッテリーはくやしそうな顔《かお》をうかべているけど、

「さすが！」

「信長《のぶなが》どのはちがう！」

こっちのベンチはとてももりあがっていて、そして、スタンドからも降《ふ》りそそぐような観客《かんきゃく》の声《こえ》。


「ファルコンズ！」

「ファルコンズ！」


と、おおぜいのお客《きゃく》さんが腕《うで》をふりあげ、一体《いったい》になった声援《せいえん》を送《おく》ってくれる。そしてぼくはその声援《せいえん》に、ふしぎな感覚《かんかく》を覚《おぼ》えた。

いいプレーはみんなが見《み》ていて、表舞台《おもてぶたい》にたって打《う》ったり守《まも》ったりするぼくたちを、「よくやった」ってたたえてくれるんだ。そして……。

それをつくりだしたのは、秀吉《ひでよし》の裏方仕事《うらかたしごと》だった……。

井伊直虎《いいなおとら》も毛利元就《もうりもとなり》も本多忠勝《ほんだただかつ》も、信長《のぶなが》だって秀吉《ひでよし》メモでヒットを打《う》てた。

いいかえれば、この声援《せいえん》も、ぼくたちだけへのものじゃない。

裏方仕事《うらかたしごと》だからけっして表《おもて》にはでないけど、でも、秀吉《ひでよし》はたしかにグランドの中《なか》で活躍《かつやく》している……。

ぼくは複雑《ふくざつ》な思《おも》いで、秀吉《ひでよし》のメモを手《て》にとった。

そこにはシュリケンズ各打者《かくだしゃ》のとくちょうもこまかくびっしりと書《か》かれていて、ぼくはなんだか申《もう》しわけない気持《きも》ちになりながら、それを頭《あたま》の中《なか》にたたきこんだ。

七回裏《かいうら》

四回《かい》からしばらく、試合《しあい》は両《りょう》チームゆずらない展開《てんかい》がつづいた。

ぼくは秀吉《ひでよし》メモを見《み》ながら打者《だしゃ》と対戦《たいせん》したけど、やはりその効果《こうか》はてきめんで、たまに打《う》たれるもののなんとか無失点《むしってん》をつづけていけた。

でも、それはむこうも同《おな》じ。

霧隠才蔵《きりがくれさいぞう》のピッチングに目《め》がなれて、やっとファルコンズが反撃《はんげき》できるかと思《おも》っていたのに……。

どういうわけかファルコンズには、信長《のぶなが》のタイムリーヒットからこっち、快音《かいおん》があまりひびかない。

試合《しあい》も終盤《しゅうばん》にはいったのに、まだ3―4で負《ま》けている。そろそろ、つぎの一点《いってん》がほしいんだけど……。

「どういうわけじゃ……」

七回裏《かいうら》。本多忠勝《ほんだただかつ》がたおれスリーアウトになると、徳川家康《とくがわいえやす》が青《あお》ざめた顔《かお》でいった。気《き》持《も》ちはぼくと一緒《いっしょ》みたいだ。

「霧隠才蔵《きりがくれさいぞう》め……。まるでワシらのにがてをわかったような投球《とうきゅう》じゃぞ……。ボール自体《じたい》には目《め》がなれてきて、秀吉《ひでよし》どののメモもあるというのに、これでは打《う》てん。シュリケンズに、ワシらの情報《じょうほう》がもれているのは確実《かくじつ》じゃが……」

「まったくだ」

伊達政宗《だてまさむね》もうなずいた。

「しかしふしぎなのは、むこうのベンチに、こちらを観察《かんさつ》している選手《せんしゅ》がいない点《てん》だ。我《われ》らファルコンズは秀吉《ひでよし》どのが情報《じょうほう》を集《あつ》めておるが、むこうはいったい誰《だれ》が……」

「うむ。まさかなにかの忍術《にんじゅつ》を……？」

「それにしたって、こっちになんの気配《けはい》もない。よほどの腕《うで》ききが、なにかの忍術《にんじゅつ》を使《つか》っているのかもしれないが……」

徳川家康《とくがわいえやす》と伊達政宗《だてまさむね》は首《くび》をひねった。

そしてぼくも、気持《きも》ちはふたりと同《おな》じ。

たしかにふしぎだ。

むこうの攻撃中《こうげきちゅう》にベンチを見《み》たけれど、中《なか》にいる八人《にん》は全員《ぜんいん》がバッターへの応援《おうえん》に集中《しゅうちゅう》していた。こっちの弱点《じゃくてん》を見破《みやぶ》れるほど、ぼくたちを観察《かんさつ》している選手《せんしゅ》はいない。それはたしかだ。

ファルコンズのにがてを、むこうが知《し》っているのはまちがいなさそうだけど、どうやって情報《じょうほう》を手《て》にいれているんだろう。

相手《あいて》ベンチを見《み》ながらそのことを考《かんが》えていると、

「七回裏《かいうら》は本多忠勝《ほんだただかつ》で終《お》わったか。なら八回裏《かいうら》はワシからの打順《だじゅん》だな」

信長《のぶなが》が守備《しゅび》の準備《じゅんび》をしながら、つぶやくようにいった。目線《めせん》は相手《あいて》の一塁側《るいがわ》ベンチにむいていた。

「霧隠才蔵《きりがくれさいぞう》め。たいしたものじゃ。あの調子《ちょうし》でワシがにがてにしている高《たか》めの球《たま》を投《な》げられたら、もうアウトになるしかない。困《こま》ったのう」

「え、うん……」

とつぜん話《はな》しかけられたぼくは、そう相《あい》づちを打《う》つけど……。

あれ？　でも信長《のぶなが》って高《たか》めのボールにがてだっけ？

そんなことはなかった気《き》がするけど……。あ、でも、もしかしたら、なにかのきっかけで最近《さいきん》そうなってしまったのかもしれない。野球《やきゅう》をつづけていたら、にがてが変《か》わっちゃうのはよくあることだ。

ぼくは自分《じぶん》でそう納得《なっとく》して、たいして気《き》にもとめずマウンドにむかった。そして秀吉《ひでよし》メモを信《しん》じて投《な》げ、この回《かい》も無失点《むしってん》。

そろそろ味方《みかた》の反撃《はんげき》を期待《きたい》したいけど……。

でも、ぼくのそんなねがいもむなしく、八回裏《かいうら》もファルコンズは〇点《てん》に終《お》わる。先頭打者《せんとうだしゃ》の信長《のぶなが》は、三振《さんしん》にたおれていた。

霧隠才蔵《きりがくれさいぞう》が信長《のぶなが》に投《な》げていたのは、信長《のぶなが》が「にがてだ」っていっていた、高《たか》めのボールばかりだった。

チガウと思う…

4章《しょう》　10人目《にんめ》の選手《せんしゅ》

	1	2	3	4	5	6	7	8	9	計	H	E
琵琶湖	1	1	0	2	0	0	0	0		4	10	0
桶狭間	0	0	0	3	0	0	0	0		3	9	0

OKEHAZAMA Falcons

1	井伊	直虎	中
2	毛利	元就	遊
3	本多	忠勝	右
4	織田	信長	一
5	真田	幸村	二
6	徳川	家康	捕
7	前田	慶次	左
8	伊達	政宗	三
9	山田虎太郎		投

B
S
O

UMPIRE

CH	1B	2B	3B
赤	青	黒	桃
鬼	鬼	鬼	鬼

BIWAKO SHURIKENS

1	松尾	芭蕉	中
2	雑賀	孫市	遊
3	霧隠	才蔵	投
4	猿飛	佐助	捕
5	児　雷　也		二
6	望月千代女		右
7	鼠　小　僧		左
8	風魔小太郎		三
9	服部	半蔵	一

九回表《かいおもて》

とうとうやってきた最終回《さいしゅうかい》。シュリケンズの攻撃《こうげき》。

まだ3―4で負《ま》けているけど、ここで追加点《ついかてん》を許《ゆる》すわけにはいかない。

もし点《てん》をいれられちゃったら、それはもう、さいごの攻撃《こうげき》を前《まえ》にトドメをさされたのと同《おな》じことだ。無失点《むしってん》できり抜《ぬ》けて、裏《うら》にはじまる味方《みかた》のばくはつを期待《きたい》するしかない。

そのためにもいまはまず、目《め》の前《まえ》のバッターをアウトにしなきゃ。

ぼくはそう思《おも》いながらマウンドにたつ。

そしてなんとか一番《ばん》の松尾芭蕉《まつおばしょう》をショートゴロに打《う》ちとったけど、

「しまったっ！」

二番《ばん》、雑賀孫市《さいかまごいち》の種子島《たねがしま》打法《だほう》に、またもやられてしまう。

打《う》たれた（撃《う》たれた？）弾丸《だんがん》ライナーはライト前《まえ》におちて、雑賀孫市《さいかまごいち》はゆうゆうとファーストベースへ。

これでワンアウト一塁《るい》。雑賀孫市《さいかまごいち》、いまだけはぜっっっったいに、塁《るい》にだしたくなかったのに。

「くく……。ファルコンズよ！　おれがかならずホームに帰《かえ》って、トドメをさしてやるって！　覚悟《かくご》するって！」

雑賀孫市《さいかまごいち》は一塁《るい》で勝《か》ちほこった顔《かお》だ。

――クソ……。

どうしよう。

シュリケンズのバッターは、塁《るい》にでてからが手《て》ごわいんだ。だから最終回《さいしゅうかい》のいまは、とくに塁《るい》にはだしたくなかった。雑賀孫市《さいかまごいち》だって秀吉《ひでよし》メモに足《あし》が速《はや》いと書《か》かれていたから、たぶん……。

……というぼくの悪《わる》い予感《よかん》は、やっぱり的中《てきちゅう》してしまう。

「セーフ！　セーフ！」

審判《しんぱん》の手《て》が横《よこ》にひろがると雑賀孫市《さいかまごいち》は、

「やったって！」

と、ベンチにむかってガッツポーズ。

なぜなら一塁《るい》から二塁《るい》へ、二塁《るい》から三塁《るい》への連続盗塁《れんぞくとうるい》を、見事《みごと》に成功《せいこう》させたから。

抜《ぬ》き足《あし》、さし足《あし》、忍《しの》び足《あし》、で気配《けはい》を消《け》してはしるシュリケンズの盗塁《とうるい》は読《よ》みにくくて、徳川家康《とくがわいえやす》も苦労《くろう》しているみたいだ。試合《しあい》をひっかきまわされている上《うえ》に、ほとんどアウトにできていない。

「すまん、虎太郎《こたろう》クン」

徳川家康《とくがわいえやす》がマウンドまできて、申《もう》しわけなさそうにまゆをさげた。

「いいよ、しかたないって。でも、大《だい》ピンチになっちゃったね。ワンアウトで三塁《るい》」

「ああ。打順《だじゅん》はこれから三番《ばん》四番《ばん》だ。しかも……」

「うん。秀吉《ひでよし》さんのメモでは、弱点《じゃくてん》はまだ調査中《ちょうさちゅう》になってた」

ぼくと徳川家康《とくがわいえやす》は、相手《あいて》ベンチを見《み》ながら話《はな》す。

「どう攻《せ》めよう、家康《いえやす》さん」

「うむ、そのことだが、いいか、虎太郎《こたろう》クン」

徳川家康《とくがわいえやす》は自分《じぶん》のあごをつまむと、

「弱点《じゃくてん》がわからないいま、重要《じゅうよう》になってくるのは、君《きみ》のピッチングだ」

そういって、ぼくをじっと見《み》つめた。

「君《きみ》の投球《とうきゅう》に、いままで以上《いじょう》の気合《きあ》いをのせることが重要《じゅうよう》だ。わかるな？」

「――うん。もちろん、わかってる」

ぼくも目《め》を強《つよ》くしてこたえる。すると徳川家康《とくがわいえやす》は安心《あんしん》したように、キャッチャーボックスにもどっていった。

――忍者《にんじゃ》には、絶対《ぜったい》に負《ま》けないよ。プロ野球《やきゅう》という表舞台《おもてぶたい》を目指《めざ》す人間《にんげん》の、意地《いじ》にかけても。

「いよいよ追《お》いつめられたな、虎太郎《こたろう》クン」

自分《じぶん》の中《なか》で気合《きあ》いを高《たか》めていると、三番《ばん》の霧隠才蔵《きりがくれさいぞう》が打席《だせき》にはいる。

「追《お》いつめられてなんかないよ。いまから連続三振《れんぞくさんしん》になってもらう予定《よてい》だし」

ぼくはマウンドから、打席《だせき》をキッとにらんでこたえた。

「そうか。まあ、期待《きたい》しておこう」

霧隠才蔵《きりがくれさいぞう》はそういって、ゆったりとバットをかまえた。言葉《ことば》や態度《たいど》によゆうがにじみでていて、ぼくはそれがおもしろくない。

——見《み》てろ……。

いまからぼくの全力《ぜんりょく》で、そのよゆうをなくしてやる！

「いくよ！」

ぼくはそういうと、大《おお》きく腕《うで》をふりかぶる。そして足《あし》を前《まえ》にふみこませると背中《せなか》から右《みぎ》腕《うで》をしならせ、

——どうだっ！

と、前《まえ》へ押《お》しこむように、思《おも》いっきりボールを投《な》げた。

するとそのボールは、ズバッと音《おと》を鳴《な》らし、

「ストライク！」

審判《しんぱん》のコールをひびかせる。低《ひく》めに気持《きも》ちよくきまったぞ！

「ほほう。球威《きゅうい》が増《ま》してきているようだな。感心感心《かんしんかんしん》」

霧隠才蔵《きりがくれさいぞう》は、まだまだよゆうたっぷりだ。手《て》がでなかったクセに！

くやしさもあって頭《あたま》には血《ち》がのぼっていたけど、そのあとぼくは、霧隠才蔵《きりがくれさいぞう》相手《あいて》に全力《ぜんりょく》で何球《なんきゅう》か投《な》げこんだ。

ボールはいろんなコースにちらしてファールも打《う》たれたけど、なぜか霧隠才蔵《きりがくれさいぞう》はどの低《ひく》めの球《たま》にも、バットを反応《はんのう》させなかった。

もしかして、低《ひく》めがにがてなのか……？

カウントはツーストライクスリーボール。もうフルカウントだ。ファールがなければ、つぎのボールできまる。

それなら低《ひく》めに投《な》げたらいいいんじゃないか？

そうだ、それがいい。うまくきまれば三振《さんしん》をとれるぞ。そう思《おも》って徳川家康《とくがわいえやす》とサインをこうかんしていた、そのとき。


「相手《あいて》にするなっ！　虎太郎《こたろう》！」

ファルコンズベンチから、秀吉《ひでよし》の大声《おおごえ》。

「な、なに？　秀吉《ひでよし》さん」

びっくりして、ぼくは目《め》をむける。

「いまわかったぞ！　そやつらは言葉《ことば》や行動《こうどう》で、ボールを自分《じぶん》のとくいなコースに誘《さそ》いこむんじゃ！」

いわれてぼくはハッとする。

たしかにいま、ぼくは低《ひく》めを弱点《じゃくてん》だと思《おも》って、そこに投《な》げようとしていた。いや、いまだけじゃない。これまでもずっと！

「わかるか、虎太郎《こたろう》！　それがそやつらの忍術《にんじゅつ》、心理操作《しんりそうさ》だったんじゃ！　だからいま、おぬしが投《な》げるべきコースは……！」

秀吉《ひでよし》がいいかけると、

「そこっ！　ベンチの秀吉《ひでよし》さん！」

審判《しんぱん》の赤鬼《あかおに》が注意《ちゅうい》する。

「プレーを妨害《ぼうがい》しないでください！　つぎは退場《たいじょう》にしますよ！」

「くっ！」

秀吉《ひでよし》はにがい顔《かお》をして、そのままだまってしまった。

もう少《すこ》し聞《き》きたかったのに……！

低《ひく》めはダメだとわかっても、このままじゃどこへ投《な》げていいかわからない。秀吉《ひでよし》はそれをいいかけてたから、もう少《すこ》しでわかるところだったんだけど……。なにをいいかけていたんだろう？

ぼくはくやしさと、にっちもさっちもいかないあせりがまじった気《き》持《も》ちで、もう一度《ど》ベンチを見《み》た。するとそこで秀吉《ひでよし》はひとさし指《ゆび》をたてて、それをグルグルまわしている。

あれは……。

あの仕草《しぐさ》は、見《み》たことがあるぞ。

そうだ。試合前《しあいまえ》、悲《かな》しんでいる秀吉《ひでよし》に、ぼくが冗談《じょうだん》で、「なにがうれしいの？」って聞《き》いたときだった。秀吉《ひでよし》はひとさし指《ゆび》をたててそれをグルグルまわしながら、「ぎゃく、ぎゃく」っていっていたんだ。

それなら、ぼくが投《な》げるコースは……。

「ふっ。低《ひく》めを投《な》げさせようとしていたが、秀吉《ひでよし》どののせいでむずかしくなったな。まあ、いい。どこに投《な》げてきても打《う》ってやろう。外野《がいや》フライでさえ点《てん》がはいる状況《じょうきょう》だ」

霧隠才蔵《きりがくれさいぞう》はたんたんとしゃべって、バットをかまえる。

でも、ぼくはその姿《すがた》にもうおそれはなかった。投《な》げるべき場所《ばしょ》がわかっていた。

「絶対《ぜったい》におさえてやる……」

ぼくはそういうと、ステップをふむ。

――見《み》てろ！　このボールで終《お》わりだ！

ぼくはこころの中《なか》で叫《さけ》ぶと背中《せなか》から腕《うで》をまわし、前《まえ》を見《み》すえる。そして徳川家康《とくがわいえやす》のミットめがけて思《おも》いっきりボールをリリースした。

腕《うで》のしなりかた、指先《ゆびさき》の手応《てごた》え、すべてがそろったボールだ！

これで、どうだ！

ぼくは投《な》げた姿勢《しせい》のまま、ボールを見守《みまも》る。

それはねらいどおり、低《ひく》めのぎゃく、霧隠才蔵《きりがくれさいぞう》の高《たか》めをついた、こんしんのストレートだった。

「こ、ここをねらってくるかっ！」

霧隠才蔵《きりがくれさいぞう》はそういうと、きゅうくつそうにバットをふった。

だけど、ぼくは知《し》っている。そこが霧隠才蔵《きりがくれさいぞう》の弱点《じゃくてん》だってことを！　秀吉《ひでよし》が、秀吉《ひでよし》の裏《うら》方仕事《かたしごと》が、そういっていたからまちがいない！


ズバン！


一瞬《いっしゅん》あと、前《まえ》からはボールがキャッチャーミットにおさまる音《おと》が聞《き》こえてくる。まばたきをして見《み》てみると、霧隠才蔵《きりがくれさいぞう》はバットをふった姿勢《しせい》のまま、そこにじっとたちつくしていた。

「まさか……。このわたしが……」

霧隠才蔵《きりがくれさいぞう》は信《しん》じられないって顔《かお》だ。

そしてグランドにはすぐに、ゴゴゴゴって地面《じめん》がふるえるような、ものすごい観客《かんきゃく》の歓声《かんせい》がおちてくる。

そんな中《なか》で、ぼくはベンチをむいて秀吉《ひでよし》と視線《しせん》をあわせると、やったぜって感《かん》じでわらった。秀吉《ひでよし》も親指《おやゆび》をたててこたえてくれる。でも、

「まったく、虎太郎《こたろう》の心理《しんり》を操作《そうさ》しているのを見抜《みぬ》かれるとはな」

ホッとしていたのもつかのま。むこうからいっているのは、つぎの強敵《きょうてき》。

そこにいるのは、もちろんシュリケンズの四番《ばん》、猿飛佐助《さるとびさすけ》。

「たしかにおれと才蔵《さいぞう》は、おまえの心理《しんり》を利用《りよう》して打《う》っていた。だけど、おれたちの技《わざ》はそればっかりじゃないぜ」

「強《つよ》がりはやめてよ。もうだまされないから」

ぼくがいうと、

「強《つよ》がりかどうかは、見《み》ておけよ」

猿飛佐助《さるとびさすけ》はそういって、胸《むね》の前《まえ》で手《て》の平《ひら》をくんだ。そして「むううううん」ってうなったあと、

「天龍虎王命勝是鬼水大《てんりゅうこおうめいしょうぜきすいだい》！」

そういってから、また「むううううん」となって手《て》をにぎり、そのまま全身《ぜんしん》に力《ちから》をこめはじめる。

『あ、あれは！』

前《まえ》を見《み》ていると、ヒカルの声《こえ》が頭《あたま》の中《なか》にひびきわたった。

『どうしたの、ヒカル。あれ、なに？』

『あれ、たぶん十字《じ》の秘術《ひじゅつ》だよ！』

『十字《じ》の？　秘術《ひじゅつ》？』

なにそれ？　忍術《にんじゅつ》？

『十字《じ》の秘術《ひじゅつ》は、望月千代女《もちづきちよめ》さんが使《つか》った九字護身法《くじごしんぼう》よりも強力《きょうりょく》なヤツだよ！　すごい暗《あん》示《じ》を自分《じぶん》にかけて、パワーアップしちゃうんだ！』

『そ、そんな……』

長打《ちょうだ》を打《う》たれた、あの望月千代女《もちづきちよめ》の暗示《あんじ》よりも強力《きょうりょく》だって……？　ふるえてしまうような気持《きも》ちでいると、

「た、たしか、あれだ！」

三塁《るい》から伊達政宗《だてまさむね》の声《こえ》。

「虎太郎《こたろう》クン、気《き》をつけろ！　猿飛佐助《さるとびさすけ》は試合《しあい》がはじまる前《まえ》、あの術《じゅつ》のようなものを使《つか》って、わたしたちの前《まえ》からパッと姿《すがた》を消《け》した！」

姿《すがた》を消《け》した？　そんなことが……。おそれる気持《きも》ちでいると、

「くく……」

猿飛佐助《さるとびさすけ》のわらい声《ごえ》。

「あのときは、軽《かる》ーくジャンプしただけだぜ……。ジャンプのあとに風《かぜ》が起《お》きていたようだけどなあ」

その言葉《ことば》におそるおそる視線《しせん》をもどすと、そこには髪《かみ》の毛《け》を逆《さか》だてて、体《からだ》を筋肉《きんにく》でりゅうりゅうともりあがらせた猿飛佐助《さるとびさすけ》がいた。目《め》は血《ち》ばしり着《き》ている忍《しの》び装束《しょうぞく》はパンパンで、腕《うで》にはふとい血管《けっかん》がうきでている。

「これはあんまり使《つか》いたくないんだ。体《からだ》の負担《ふたん》が大《おお》きくて、一日《にち》に二時間《じかん》しか使《つか》えねえからなあ……！」

OKEHAZAMA
Falcons

け、けっこう長《なが》く使《つか》えるじゃないか。

「いくぜ、虎太郎《こたろう》よ。ここで点《てん》をいれて、おれたちが歴史《れきし》を変《か》えてやるんだ！」

「ど、どうして……」

ぼくは息《いき》を飲《の》みこんで、言葉《ことば》をつづけた。

「どうして、そこまでして歴史《れきし》を変《か》えたいの？　そんなに戦国武将《せんごくぶしょう》が注目《ちゅうもく》されるの、うらやましい？」

「バカな。うらやましいとか、そういう話《はなし》じゃやねえ」

猿飛佐助《さるとびさすけ》はバットを持《も》って、ドスドスと打席《だせき》にはいった。そしてにらむように、こちらを見《み》つめる。

「いいか。戦国時代《せんごくじだい》や江戸時代《えどじだい》のえらいさんがたはなあ、おれたちが持《も》ちかえった情報《じょうほう》で、戦《いくさ》をしたり政治《せいじ》をしたりしていたんだ。いいかえれば、おれたちがいなければあいつら、なにひとつできなかったことになる！」

血《ち》ばしった目《め》を、さらにけわしくする猿飛佐助《さるとびさすけ》。

「それだけなら、まだいい。しかし許《ゆる》せねえのは、誰《だれ》もが正《ただ》しくおれたちを評価《ひょうか》しないところだ！　現世《げんせ》で忍者《にんじゃ》の仕事《しごと》をちゃんと知《し》っているヤツがどれだけいる？　戦国武将《せんごくぶしょう》と同《おな》じようにおれたちを知《し》るヤツがどれだけいる？」

猿飛佐助《さるとびさすけ》は荒々《あらあら》しくバットをぼくにむけた。

「虎太郎《こたろう》、おまえだって、おれたちのことをちゃんと知《し》らなかったろ。どうせ裏方作業《うらかたさぎょう》の人間《にんげん》だって思《おも》って、無意識《むいしき》のうちにバカにしてたろ！　おれたちがどれだけくやしかったかわかるか？」

猿飛佐助《さるとびさすけ》は、まるで感情《かんじょう》をはきだすように大《おお》きな声《こえ》でいった。口調《くちょう》はきついものだったけど、そこには悲《かな》しみもまじっているように感《かん》じられた。

「だからおれたちは、歴史《れきし》を変《か》えてやるのさ。そして評価《ひょうか》されるべき人間《にんげん》がちゃんと評価《ひょうか》される、正《ただ》しい世《よ》の中《なか》にしてやるんだ。虎太郎《こたろう》よ、おまえも現世《げんせ》で野球《やきゅう》をしているとき、相手《あいて》をおさえても、それをぜんぜんほめられなかったらおもしろくないだろ？　おれたちはずっとそれがつづいていたんだ！」

どよめきつづけるスタジアムの中《なか》で、猿飛佐助《さるとびさすけ》は話《はなし》を終《お》えた。

そしてぼくのこころの中《なか》では、いろいろな感情《かんじょう》が複雑《ふくざつ》にからみあっていた。

猿飛佐助《さるとびさすけ》の話《はなし》にうなずく自分《じぶん》がいる一方《いっぽう》で、裏方仕事《うらかたしごと》なんてそんなもんじゃないかと思《おも》う自分《じぶん》もいた。

いままでなら、猿飛佐助《さるとびさすけ》の話《はなし》にはなにも感《かん》じなかったと思《おも》う。でもシュリケンズの野球《やきゅう》を見《み》て、秀吉《ひでよし》の真剣《しんけん》な裏方仕事《うらかたしごと》を見《み》て、ぼくの中《なか》でなにかが変《か》わっていた。

——もしかして、猿飛佐助《さるとびさすけ》の話《はなし》は正《ただ》しいのか？

どうなんだろう。まったくまちがいとは思《おも》えないようになってきたぞ……。

ぼくはしばらく考《かんが》えたけど、頭《あたま》をぐしゃぐしゃとかいてそれをやめた。

もう、考《かんが》えたってわからない。いまはこの猿飛佐助《さるとびさすけ》をおさえないと話《はなし》にならないんだ！

どっちにしたって歴史《れきし》を変《か》えさせるわけにはいかないんだから！

「かならず、かならずおさえるからね！」

ぼくは決意《けつい》をあらわすように、打席《だせき》にむかってそういった。

すると筋肉《きんにく》のかたまりみたいになった猿飛佐助《さるとびさすけ》は、ぐっと体《からだ》をしずませる。そしてぼくをにらむと、足《あし》をふんばり、バットをかまえた。

——かならずおさえるから。

ぼくはこころの中《なか》でそうくりかえして、腕《うで》をふりあげた。

ここを無《む》失点《しってん》におさえて裏《うら》の攻撃《こうげき》で逆転《ぎゃくてん》するしか、ぼくたちが勝《か》つ道《みち》はないんだ。歴史《れきし》を守《まも》るにはそれしかない！

いくぞ！

ぼくはステップをふみ、体重《たいじゅう》を前《まえ》に移動《いどう》させる。

そしてそのまま自分《じぶん》の全力《ぜんりょく》を集中《しゅうちゅう》させて、しならせた腕《うで》を前《まえ》にふり抜《ぬ》いた。

――どうだ！

ボールは一直線《いっちょくせん》にキャッチャーミットにむかっていく。それはギューンと勢《いきお》いよく、まるで宙《ちゅう》をすべっているようだ。――これなら！

ぼくはストライクを確信《かくしん》する。でも、

「あまい！」

猿飛《さるとび》佐助《さすけ》は叫《さけ》ぶと、野獣《やじゅう》のような動《うご》きでバットをフルスイング。そしてそのふられたバットは、ぼくが投《な》げた球《たま》の軌道《きどう》を完全《かんぜん》にとらえていた。

「マズい！」

と、ぼくがおもわず口《くち》にしたときには、もうおそかった。

一発《いっぱつ》、というよりは一撃《いちげき》、と表現《ひょうげん》したほうがしっくりくるかもしれない。

バッターボックスからはなにかがぼくはつしたような音《おと》が鳴《な》りひびき、ボールはバットに弾《はじ》かれて、はるかむこうへロケットのように飛《と》んでいく。

――なんて打球《だきゅう》だ！

そのパワーにあぜんとしながらボールを目《め》で追《お》っていると、

「ファール！　ファール！」

三塁塁審《るいるいしん》の桃鬼《ももおに》の手《て》が、あわただしく頭《あたま》の上《うえ》でふられた。猿飛佐助《さるとびさすけ》のはなった打球《だきゅう》はひっぱりすぎていて、三塁線《るいせん》を大《おお》きく割《わ》るファールになっていた。

――助《たす》かった……。

あれがまともに飛《と》んでいたら、まちがいなくホームラン。試合《しあい》が決定的《けっていてき》になってしまうところだ。

それを考《かんが》えると、自分《じぶん》の顔《かお》がみるみる青《あお》ざめていくのがわかる。背中《せなか》は恐怖《きょうふ》で、こおるようにつめたくなった。

「ちっ」

一塁《るい》にはしりかけていた猿飛佐助《さるとびさすけ》は、舌打《したう》ちをして打席《だせき》にもどってきた。

「スイングスピードが速《はや》すぎて、ひっぱっちまったか。この状態《じょうたい》の体《からだ》は、力《ちから》のいれかたがむずかしいんだよな」

猿飛佐助《さるとびさすけ》はいいながら、しゅうううう、と水蒸気《すいじょうき》のような息《いき》をはきだした。

それはまるで映画《えいが》で見《み》るような、けっしてかかわってはいけない野獣《やじゅう》みたいだった。

「だが、つぎはだいじょうぶだ。天国《てんごく》までかっ飛《と》ばしてやる」

「て、天国《てんごく》まで……、だって……」

そんなのうそだ、とはいえない。たぶん、そうなるだろうと思《おも》ってしまった。

どうしよう。

もしここで点《てん》をいれられたら、もうそこで試合《しあい》がきまってしまう。歴史《れきし》が変《か》わってしまう。どうしてファルコンズが忍者《にんじゃ》なんかに、ここまで苦戦《くせん》してしまうんだ……。ぼくが歯《は》を食《く》いしばってそう思《おも》っていると、

「こたえはでたか」

ぼくのそばに、いつのまにか信長《のぶなが》がたっていた。

「え……？　こたえって？」

「試合前《しあいまえ》に聞《き》いておったはずだ。『人《ひと》』という字《じ》はどう書《か》くかと」

「え、うん。そうだけど、いま？」

いや、きっといまだからこそ、信長《のぶなが》がここまできて聞《き》いたことに意味《いみ》があるはずだ。考《かん》えろ。人《ひと》、人《ひと》、人《ひと》……。ぼくは頭《あたま》をひねって考《かん》えるけど、

「こう、二本《ほん》の棒《ぼう》が支《ささ》えあって……」

けっきょくわからずに、見《み》たままをこたえるぼく。そのなさけないこたえに信長《のぶなが》のカミナリがおちるかと思《おも》ったけど、

「正解《せいかい》だ」

信長《のぶなが》は表情《ひょうじょう》を変《か》えずにいった。「え？　あってるの？　ラッキー」っていいたかったけど、信長《のぶなが》のシリアスな顔《かお》は、ぼくにそれをいわせなかった。

「いいか、虎太郎《こたろう》。ワシがいいたいのは、ひととひととの関係《かんけい》も、漢字《かんじ》の書《か》きかたに似《に》ておるということじゃ」

「支《ささ》えあうってこと？」

聞《き》くと、信長《のぶなが》は大《おお》きくうなずく。

「だからこそ、貴様《きさま》は考《かんが》えなおさなければいけない。表舞台《おもてぶたい》にいる人間《にんげん》も裏方《うらかた》も、おたがいに支《ささ》えあう対等《たいとう》な関係《かんけい》であるということを。それはいってみれば車《くるま》の両輪《りょうりん》。どちらもなくてはならぬものだ」

「車《くるま》の、両輪《りょうりん》」

たしかに車《くるま》は、左右《さゆう》ふたつの車輪《しゃりん》がないとはしれない。表舞台《おもてぶたい》にいる人間《にんげん》と裏方《うらかた》は、そういう関係《かんけい》だってこと？

「虎太郎《こたろう》よ。貴様《きさま》は一段高《だんたか》いところに自分《じぶん》がいると思《おも》っているようだが、それは大《おお》きなまちがいだ。そのボール一球一球《いっきゅういっきゅう》でさえ、貴様《きさま》は誰《だれ》かのおかげで投《な》げられているのをわすれるな。みんな、誰《だれ》かに支《ささ》えられ、また誰《だれ》かを支《ささ》えてたっているのだ。『人《ひと》』という字のようにな」

信長《のぶなが》はそういうと、ぼくの肩《かた》に手《て》をおいた。

「うぬぼれる者《もの》は、そのうぬぼれにより滅《ほろ》びる。うぬぼれをすて、対等《たいとう》な気持《きも》ちで勝負《しょうぶ》しろ。貴様《きさま》がそれをすてられたとき、猿飛佐助《さるとびさすけ》の姿《すがた》から見《み》えてくるものがあるだろう。そこから勝負《しょうぶ》ははじまるのだ」

信長《のぶなが》はそういいのこすと、マントをひるがえし、スタスタと一塁《るい》に帰《かえ》っていった。

そして信長《のぶなが》の言葉《ことば》は、ぼくのこころにとてもふかくささっていた。

思《おも》いあたるところが、あまりにも多《おお》すぎた。これまでぼくは、なにを理由《りゆう》に裏方《うらかた》のひとや仕事《しごと》を下《した》に見《み》ていたんだろう。

いまだってそうだ。秀吉《ひでよし》の活躍《かつやく》がなければ、この試合《しあい》は勝負《しょうぶ》にならないほど負《ま》けていたかもしれないのに。

ぼくは考《かんが》えながら、目《め》をあげる。すると観客《かんきゃく》のどよめきはつづいていて、

「ファルコンズ！　ファルコンズ！」

という大声援《だいせいえん》を、まだグランドにふらせていた。

そしてぼくは、その声援《せいえん》がぼくや他《ほか》のメンバーの名前《なまえ》ではなく、ファルコンズというチーム名《めい》だったことに、いまさらながら、ハッと気《き》づかされた。

もちろん個人《こじん》への声援《せいえん》だってあったけど、きっといまのこれは、裏方《うらかた》やレギュラーをま

とめて、お客《きゃく》さんがたたえてくれているもの。それなのにぼくは、これが自分《じぶん》たちだけのものだと勘《かん》ちがいしていた。とても恥《は》ずかしい気持《きも》ちだった。

くちびるをかみしめていると、

「そろそろ投《な》げたらどうだ」

打席《だせき》から、猿飛佐助《さるとびさすけ》が声《こえ》をかけてきた。

「あ、うん。投《な》げるよ。でも……、その前《まえ》に」

ぼくは前《まえ》おきしてぼうしをとると、

「――ごめん」

そういってあやまった。

「？　なににあやまってんだ？　虎太郎《こたろう》」

「えっと。説明《せつめい》しづらいけど。ぼくの態度《たいど》とか、そういうの」

いって、ぼくはぼうしをかぶる。すると猿飛佐助《さるとびさすけ》はくちびるのはしを持《も》ちあげて、ふっとわらった。

「変《か》わったヤツだな、おまえ。でも……」

猿飛佐助《さるとびさすけ》は、バットをひいて、ぐっとかまえた。

「手《て》かげんはしねえ。つぎでトドメだ」

「それはぼくのセリフだよ。ここは絶対《ぜったい》にきり抜《ぬ》ける」

ぼくはそういって、打席《だせき》を見《み》すえた。

そこにいる猿飛佐助《さるとびさすけ》は、体《からだ》ぜんぶが筋肉《きんにく》でもりあがってとても強《つよ》そうだったけど、ぼくの目《め》には、もう話《はなし》のつうじない野獣《やじゅう》のようにはうつらなかった。

いまはなんとなくつけいるスキのない忍者《にんじゃ》ではなく、感情《かんじょう》のあるひとりの人間《にんげん》としてむきあえた気《き》がした。自分《じぶん》と猿飛佐助《さるとびさすけ》の間《あいだ》にあったズレがなおった感《かん》じだ。

そういえば試合《しあい》の途中《とちゅう》で、信長《のぶなが》はぼくにこうもいっていた。「どうして貴様《きさま》がシュリケンズにゆだんしたか考《かんが》えろ」って感《かん》じのこと。そこにぼくがシュリケンズと戦《たたか》うヒントがあるって。

ぼくはいま、ようやくその意味《いみ》がわかった。たぶん、それは相手《あいて》と対等《たいとう》になることで、ぼくの無意識《むいしき》の中《なか》にあった変《へん》なプライドがなくなったんだと思《おも》う。

気《き》のゆるみや不注意《ふちゅうい》や相手《あいて》をわかろうとしない気持《きも》ちが、対等《たいとう》になることでこころの中《なか》から洗《あら》い流《なが》された。

そして試合中《しあいちゅう》の自分《じぶん》が、どれだけ無意識《むいしき》のうちにスキをつくっていたかもわかった。だからもう、シュリケンズにスクイズとか、盗塁《とうるい》とか、そんなぼくのこころのスキをつかれた野球《やきゅう》なんてさせない。

――いまなら、ちゃんと投《な》げられる。自分《じぶん》の本当《ほんとう》の全力《ぜんりょく》で！

「いくよ！　これが本気《ほんき》の本気《ほんき》だっ！」

「こい！　虎太郎《こたろう》！」

猿飛佐助《さるとびさすけ》の返事《へんじ》を聞《き》くと、ぼくはこころの中《なか》をととのえ、腕《うで》をふりかぶった。

相手《あいて》と対等《たいとう》だとわかったいまは、もうなんのゆだんもうぬぼれもなかったと思《おも》う。

――いくぞ。絶対《ぜったい》に打《う》たせない！

こころの中《なか》でそう叫《さけ》び、ぼくは足《あし》をふみこむ。そして胸《むね》をひっぱるようにして腕《うで》を前《まえ》へまわすと、指先《ゆびさき》に力《ちから》を集中《しゅうちゅう》させ、思《おも》いっきりボールを投《な》げこんだ！

「これは！」

猿飛佐助《さるとびさすけ》は一瞬《いっしゅん》だけおどろいた顔《かお》をしたけど、すぐにぼくが投《な》げた全力《ぜんりょく》のボールにバットを反応《はんのう》させた。

ぼくと猿飛佐助《さるとびさすけ》の、本気《ほんき》で対等《たいとう》な勝負《しょうぶ》！

「ぶっ飛《と》ばしてやるっ！」

そう叫《さけ》んで猿飛佐助《さるとびさすけ》が体《からだ》ごと回転《かいてん》させたバットは、竜巻《たつまき》でも起《お》こしてしまいそうな、力強《ちからづよ》く見事《みごと》なひとふりだった。

──やっぱり、すごい勢《いきお》いだ！

ぼくは喉《のど》を鳴《な》らして、息《いき》をのむ。

するとそれはキィンと大《おお》きな音《おと》を鳴《な》らしてボールにヒットし、打球《だきゅう》を空《そら》につきさすようにまいあげた。

おおっ。という観客《かんきゃく》のどよめきが聞《き》こえる。

そしてぼくは打《う》たれたボールを、じっと見《み》ていた。ああ、猿飛佐助《さるとびさすけ》が打《う》った……。そう思《おも》いながら。

やがて打球《だきゅう》は、ゆっくりとおちてくる。

そしてその落下地点《らっかちてん》には信長《のぶなが》がいて、

「よくやった、虎太郎《こたろう》」

そういってニヤリとわらい、そのファーストフライをキャッチした。

これで、スリーアウト！　ぼくの勝《か》ちだ！

ワンアウト三塁《るい》のピンチをしのいだぞ！

「くそっ！」

猿飛佐助《さるとびさすけ》はバットを地面《じめん》にたたきつけた。表情《ひょうじょう》はとてもくやしそうで、いまならぼくにも、その気持《きも》ちがわかる気《き》がした。

でも残念《ざんねん》だけど、こっちも負《ま》けられないんだ。

そう思《おも》ってベンチにもどっていると、

「だけど、わかってるよな、ファルコンズ！」

猿飛佐助《さるとびさすけ》は打席《だせき》の中《なか》からバットでこっちを指《さ》し、大声《おおごえ》をだす。

「まだ、おれたちがリードしてることには変《か》わりねえんだ！　九回裏《かいうら》に逆転《ぎゃくてん》できなきゃ、シュリケンズの勝《か》ちなんだぜ！」

九回裏《かいうら》

たしかにこのままじゃ、ぼくたちは負《ま》ける。

でも、攻守《こうしゅ》がいれかわった九回裏《かいうら》。いまのこの状況《じょうきょう》はどうだ。

ぼくはドキドキしながら、二塁《るい》ベースの上《うえ》にたっていた。

もしかしたら、さっきの攻撃《こうげき》で三振《さんしん》したショックがのこっていたのかもしれない。それとも九回《かい》でつかれちゃったのかも。

どっちにしろこの回《かい》の霧隠才蔵《きりがくれさいぞう》はコントロールが定《さだ》まらなくて、先頭《せんとう》の伊達政宗《だてまさむね》にヒットを打《う》たれると、つづくぼくと井伊直虎《いいなおとら》に連続《れんぞく》フォアボールをあたえてしまう。

これで、ノーアウト満塁《まんるい》。逆転《ぎゃくてん》への準備《じゅんび》はととのったぞ！

「くううう！　こしゃくな！」

いつもは冷静《れいせい》な霧隠才蔵《きりがくれさいぞう》も、マウンドで足《あし》ぶみをしてくやしがっている。ぼくたちをあまく見《み》ていたからだ。

これなら、いけるぞ！　ファルコンズは上位打線《じょういだせん》だ！

そう思《おも》って手《て》をにぎっていたら、

「タイム！」

キャッチャーの猿飛佐助《さるとびさすけ》が審判《しんぱん》にそういって、マウンドにかけよった。

「才蔵《さいぞう》。おちつけ。おまえらしくないぜ」

猿飛佐助《さるとびさすけ》の声《こえ》は大《おお》きいから、二塁《るい》まで聞《き》こえてくる。

「しかし佐助《さすけ》……。あいつら武将《ぶしょう》のくせになまいきにも……」

「才蔵《さいぞう》」

猿飛佐助《さるとびさすけ》は首《くび》を横《よこ》にふった。

「そういう考《かんが》えかたは、もうやめよう。おれはさっきの虎太郎《こたろう》の投球《とうきゅう》を見《み》て思《おも》ったんだ」

「やめるだと？　どういうことだ。佐助《さすけ》、おまえもわたしと一緒《いっしょ》に、ファルコンズ打倒《だとう》を誓《ちか》ったではないか。わすれたのか？」

「わすれねえよ。ファルコンズはたおす。ただ考《かんが》えかたを変《か》えようってことだ。少《すく》なくとも虎太郎《こたろう》はさっき、おれたちと同《おな》じ目線《めせん》にたって、おれをファーストフライにしやがった」

「…………」

「それに見《み》あげたり見《み》くだしたりっていうのは、おれたちが一番《いちばん》きらいな考《かんが》えかただったはずじゃねえか。相手《あいて》を見《み》くだしたってスキがうまれるし、本当《ほんとう》の実力《じつりょく》は発揮《はっき》できないんだ。いまのおまえみたいにな。そうだろ？」

「……ああ」

霧隠才蔵《きりがくれさいぞう》は目線《めせん》をさげ、

「そうかもしれぬ」

と、ポツリとつぶやくようにいった。

「だろ？　なあ才蔵《さいぞう》。対等《たいとう》な気持《きも》ちで勝負《しょうぶ》しよう。それにさ、おれたちには、あのとっておきの情報《じょうほう》があるじゃねえか。心配《しんぱい》ねえよ」

「……わかった。すまない、佐助《さすけ》」

霧隠才蔵《きりがくれさいぞう》はそういうと、気持《きも》ちをととのえるように大《おお》きく深呼吸《しんこきゅう》をした。そして少《すこ》しだけわらって、猿飛佐助《さるとびさすけ》にうなずく。

ぼくはそれを、あれれって感《かん》じで、二塁《るい》からながめていた。霧隠才蔵《きりがくれさいぞう》、さっきまでのツンケンしたふんいきとちがって、なんだかおちついちゃったように見《み》えるけど。

せっかくこっちのチャンスだったのに……。

いや、でもいくらおちついたからって、ノーアウト満塁《まんるい》ってこの状況《じょうきょう》を、無失点《むしってん》できり抜《ぬ》けられるわけがない。しかもこっちは上位打線《じょういだせん》なんだ。ファルコンズのバッターなら、きっとやってくれる。

と思《おも》っていたら……。

「ストライク！　バッターアウト！」

三番《ばん》の本多忠勝《ほんだただかつ》がバットを空《から》ぶりすると、審判《しんぱん》が大声《おおごえ》でそうコールした。

霧隠才蔵《きりがくれさいぞう》は、二番《ばん》の毛利元就《もうりもとなり》、三番《ばん》の本多忠勝《ほんだただかつ》を、なんと連続三振《れんぞくさんしん》でアウトにしてしまったのだ。この土壇場《どたんば》で、とんでもない力《ちから》を発揮《はっき》している。

これでノーアウト満塁《まんるい》だったのが、あっというまにツーアウト。満塁《まんるい》には変《か》わりないけど、大《だい》チャンスとはいえない状況《じょうきょう》になってしまったぞ。

「ど、どういうことだ……。やはり、おかしいぞ！」

三振《さんしん》した本多忠勝《ほんだただかつ》は、打席《だせき》にたったままで、ひげもじゃの顔《かお》をクワッとしかめた。

「さっきから、どう考《かんが》えてもおかしいわい！　どうしておぬしら、ワシらのにがてなコースがわかった配球《はいきゅう》をするんじゃ！」

「そうだそうだ！」

ベンチにさがった毛利元就《もうりもとなり》もつづいた。

「さっきのワシの打席《だせき》もそうだった！　おまえたち、どんなトリックを使《つか》っているんだ！　まさか反則《はんそく》ではあるまいな！」

「反則《はんそく》だって？」

キャッチャーの猿飛佐助《さるとびさすけ》がマスクをぬぐ。

「そこまでいわれちゃ、しかたねえ。リードした最終回《さいしゅうかい》で、もうかくしている意味《いみ》もなくなったしな！　見《み》せてやるぜ！　情報《じょうほう》のタネ明《あ》かしだ！」

猿飛佐助《さるとびさすけ》はそういうと、

「百地《ももち》どの！」

と、ファルコンズベンチのほうへむかって大声《おおごえ》をだした。

でも、それがなにを意味《いみ》しているのか、ぼくにはさっぱりわからない。だって百地《ももち》なんてひと、ファルコンズにはいないし……。

ぼくが、いや、ぼくだけじゃない。他《ほか》のファルコンズメンバーに、ヒカルまでが「？」って首《くび》をかしげていると、

「ほい。もうええんかの」


と、ファルコンズベンチの前《まえ》にいきなり穴《あな》がボコッとあいて、そこから仙人《せんにん》みたいなおじいさんの頭《あたま》が飛《と》びだしてきた。

「う、うわあああああ！」

ファルコンズのみんなはびっくりぎょうてん。

全員《ぜんいん》うしろにあとずさったり、ベンチにしがみついたり、飲《の》んでた水《みず》を鼻《はな》からふいたり

してメチャクチャおどろいている。

ぼくだって口《くち》をあんぐり開《あ》けて、ぼうぜんとそれをながめていた。それくらい、そのおじいさんの登場《とうじょう》はいきなりだったから。

「ふっふっふ……。おどろいたか」

猿飛佐助《さるとびさすけ》は謎《なぞ》の自信《じしん》で胸《むね》をはった。

「あ、あたり前《まえ》でしょっ！　いきなりベンチの前《まえ》に穴《あな》あいておじいさんでてきたら、誰《だれ》だってビックリするよ！」

ぼくは二塁《るい》からつっこむ。

「フン。おどろきついでに、もうひとつ、ビックリさせてやる。その穴《あな》は、シュリケンズベンチからのトンネルになっているんだぜ。これを土遁《どとん》の術《じゅつ》という」

「ど、土遁《どとん》の術《じゅつ》だって……。――まさか！」

「そのまさかさ、虎太郎《こたろう》クン」

ぼくの疑問《ぎもん》には、マウンドの霧隠才蔵《きりがくれさいぞう》がこたえた。

「わたしたちシュリケンズのメンバー、百地三太夫《ももちさんだゆう》どのが、君《きみ》たちのベンチの前《まえ》までトン

ネルをほって、そこからこっそり様子《ようす》をうかがっていたのだよ。ファルコンズの作戦会議《さくせんかいぎ》は、文字《もじ》どおりシュリケンズにつつ抜《ぬ》けだったってわけさ」

霧隠才蔵《きりがくれさいぞう》はそういってわらうけど、ちっともおもしろくない。

「そうか……。シュリケンズはそれで、こっちのにがてがわかっていたんだね。おかしいと思《おも》ってたんだ」

「そうさ。……おっと、卑怯《ひきょう》などとはいってくれるなよ。これこそが、我々忍者《われわれにんじゃ》の仕事《しごと》だからな。方法《ほうほう》がちがうだけで、そちらの秀吉《ひでよし》どのも偵察《ていさつ》していたし、それと変《か》わらないだろう」

たしかにそういわれたらそうだけど、まさかトンネルをほっていたなんて。抗議《こうぎ》したいけど審判《しんぱん》の赤鬼《あかおに》のことだから、またオッケー、っていうにきまってるし。くやしさを頭《あたま》にうかべていると、

『百地三太夫《ももちさんだゆう》さんは「伊賀《いが》の三上忍《じょうにん》」とも呼《よ》ばれているくらい、えらい忍者《にんじゃ》だったんだよ』

頭《あたま》の中《なか》にヒカルの声《こえ》。

『弟子《でし》もたくさんいて、あの石川五右衛門《いしかわごえもん》さんもそうだったといわれているんだ。伊賀忍術《いがにんじゅつ》の基礎《きそ》をきずいたひとだし、きっと土遁《どとん》の術《じゅつ》とか、お手《て》のものなんじゃないかな』

『あ、あのおじいさんが……』

信《しん》じられない気持《きも》ちでまたベンチのほうを見《み》ると、そこには頭《あたま》だけだしている百地三太夫《ももちさんだゆう》がいて、ぼくと目《め》があうと、ピッとこっちにV《ブイ》サインをしてきた。ホントにえらいひとなんだろうか。

「そういうわけで、信長《のぶなが》よ！」

猿飛佐助《さるとびさすけ》はマスクをかぶりながら、打席《だせき》にはいった信長《のぶなが》を見《み》た。

「おまえの弱点《じゃくてん》もわかってるぜ！　データ集《あつ》めでおれたち忍者《にんじゃ》の右《みぎ》にでる者《もの》はいねえ！　信長《のぶなが》、ゆだんしたな！」

「ゆだんだと？」

信長《のぶなが》はマントをはためかせ、ゆらりとバットをかまえた。

「ワシはどんな相手《あいて》にもゆだんはせぬ。貴様《きさま》はそれを知《し》っていると思《おも》っておったが」

「……フン」

猿飛佐助《さるとびさすけ》はおもしろくなさそうな顔《かお》をした。

でも、いまのって、どういうことだろう？　ふたりの間《あいだ》にあるふんいきも、なんだかびみょうだけど。

『信長《のぶなが》さんは生前《せいぜん》、伊賀《いが》を攻《せ》めたことがあったんだよ』

ふしぎに思《おも》っていると、ヒカルの声《こえ》。

『それも、絶対《ぜったい》に負《ま》けないってくらいの圧倒的《あっとうてき》な兵力《へいりょく》で攻《せ》めたんだ。これを「天正伊賀《てんしょういが》の乱《らん》」っていうの。ちなみに二回《かい》あって、信長《のぶなが》さんが参加《さんか》したのは二回目《かいめ》ね』

『それで……』

信長《のぶなが》はゆだんしないっていってたのか……。

それもきっと、忍者《にんじゃ》の実力《じつりょく》を認《みと》めていたからこそ、その兵力《へいりょく》をそろえたんだろうな。なんとなく、信長《のぶなが》がさっきいってたことにつうじる気《き》がする。

「いくぞ、信長《のぶなが》どの！」

考《かんが》えていると、霧隠才蔵《きりがくれさいぞう》の大《おお》きな声《こえ》が聞《き》こえてきて、

「あなたのにがては、もうわかっている！　覚悟《かくご》せよ！」

クワッと目《め》を見《み》ひらいて、腕《うで》をふりあげた。

「手裏剣《しゅりけん》スライダー！」

そういって霧隠才蔵《きりがくれさいぞう》が腕《うで》を横《よこ》からしならせて投《な》げた球《たま》は、これで試合《しあい》を終《お》わらせてやるんだって気持《きも》ちをばくはつさせたような、とてつもないスピードを持《も》っていた。

それは一直線《いっちょくせん》に信長《のぶなが》にむかっていくと、いつもみたくグググッと逃《に》げるようにまがっていく。

あのスピードでまがるなんて……。

――すごい。本当《ほんとう》にすごいとしかいいようのない、見事《みごと》なボールだ。

しかもコントロールもかんぺき。信長《のぶなが》がにがてだっていってた高《たか》めのあたりに、ばっちりきまっている。

あれじゃ、いくら信長《のぶなが》でも……。

と、思《おも》っていたら！

「かかったな！」

信長《のぶなが》はそう叫《さけ》ぶと、バットをグッとにぎる。そして腰《こし》をバネのようにひねると、ボールをふり払《はら》う動作《どうさ》で、スパッと小《ちい》さくスイングした。

「うそっ！」

と、ぼくはおもわず叫《さけ》んでしまう。だってあれは、とてもにがてなゾーンを打《う》つような打《う》ちかたじゃない！　飛《と》んでいる虫《むし》をつかまえるような、とくいな場《ば》所《しょ》をねらいすましてあてにいったひとふりだ。

「情報《じょうほう》とちがうぞっ！」

霧隠才蔵《きりがくれさいぞう》も猿飛佐助《さるとびさすけ》も、ふたりともあせった顔《かお》をしている。だけど、その思《おも》いは味方《みかた》のぼくたちだって同《おな》じ。

みんなの「？」をのせた信長《のぶなが》のバットは、カキーンと快音《かいおん》をひびかせ、ボールの真芯《ましん》に見事《みごと》にヒットしていた。すると、

「みなの者《もの》、はしれいっ！」

OKEHAZAMA
Falcons

信長《のぶなが》は大声《おおごえ》で、ランナーたちにそう指示《しじ》した。見《み》ると打球《だきゅう》は三塁手《るいしゅ》の頭《あたま》を越《こ》えて、まっすぐレフトの方向《ほうこう》へむかっていく。

「まさか！」

「なんと！」

シュリケンズからはおどろきの声《こえ》があがっている。それもそのはずだ。だって信長《のぶなが》、あのコースがにがてだっていってたのに。

「な、なぜっ！」

霧隠才蔵《きりがくれさいぞう》も守備《しゅび》のカバーにはしりながら、おどろきと疑問《ぎもん》がまじった表情《ひょうじょう》をした。すると信長《のぶなが》はニヤリとわらい、

「さいしょに十人《にん》いたメンバーがベンチに九人《にん》しかいなかったら、こたえはひとつじゃ！ワシが貴様《きさま》らのスパイに気《き》がつかぬとでも思《おも》ったか！」

そういいながら、一塁《るい》にはしる。

――そうか。

たしかにシュリケンズが登場《とうじょう》したとき、十人《にん》いたはずだ。ぼくだって数《かぞ》えたから、まちがいない。

だから信長《のぶなが》、わざとスパイの百地三太夫《ももちさんだゆう》に聞《き》こえるように、ベンチで高《たか》めがにがてだっていったのか。ホントはにがてでもなんでもないくせに！

「さすが信長《のぶなが》どのだっ！」

伊達政宗《だてまさむね》は三塁《るい》からホームにむかう。そしてうしろを見《み》て打球《だきゅう》をかくにんしながら、よゆうの表情《ひょうじょう》でホームイン！　これで同点《どうてん》だ！

そしてそれを横目《よこめ》にしながら、ぼくも三塁《るい》にむけて全力疾走《ぜんりょくしっそう》していた。

打球《だきゅう》がレフト前《まえ》におちたのを見《み》てからスタートしたけど、それでも全力《ぜんりょく》ではしっているし三塁《るい》セーフはよゆうだ。

これでつづく五番《ばん》の真田幸村《さなだゆきむら》がヒットを打《う》ってくれたら、一気《いっき》に逆転勝利《ぎゃくてんしょうり》だぞ！　と、思《おも》っていたら……。

ダッシュでゆれる視界《しかい》の中《なか》で、なんと秀吉《ひでよし》が腕《うで》をグルグルまわしている。ホームまではしれと、ぼくに指示《しじ》を送《おく》っている。

――ホントに？　まにあうの？

ぼくの経験《けいけん》じゃ、三塁《るい》ストップがあたり前《まえ》のヒットだ。ホームまではよくばりすぎで、たぶんアウトになってしまう。でも……。


「まわるんじゃあ、虎太郎《こたろう》！」


秀吉《ひでよし》の大声《おおごえ》が聞《き》こえる。

信《しん》じていいのか？　いや。そういえばたしか秀吉《ひでよし》は、レフトの守備《しゅび》がおそいとかブツブツいってデータを集《あつ》めていた。それなら……。

「ワシを信《しん》じろ！」

そうだ。ぼくは秀吉《ひでよし》を信《しん》じる！　この試合《しあい》、何度《なんど》もぼくは秀吉《ひでよし》にすくわれた。それならいま信《しん》じるべきなのは、ぼくの経験《けいけん》じゃない。秀吉《ひでよし》の裏方仕事《うらかたしごと》だ！

「うおおおお！」

ぼくは三塁《るい》をけると、さらに速《はや》く足《あし》を回転《かいてん》させる。

腕《うで》を懸命《けんめい》にふる。

歯《は》を食《く》いしばる。

絶対《ぜったい》にセーフを勝《か》ちとるんだと、体《からだ》からありったけの力《ちから》をふりしぼった。限界《げんかい》を超《こ》えた全力疾走《ぜんりょくしっそう》こそが、この試合《しあい》で一番《いちばん》の活躍《かつやく》をした秀吉《ひでよし》への礼儀《れいぎ》だと思《おも》った。

「あいつ、三塁《るい》もまわったぞ！」

「暴走《ぼうそう》だ！」

じょじょにホームが近《ちか》づいてくると、そんなお客《きゃく》さんのどよめきも聞《き》こえてきた。

でも、ぼくだけは知《し》っている。これは暴走《ぼうそう》でもなんでもない。秀吉《ひでよし》がいけるといったからには、そこに確実《かくじつ》な理由《りゆう》があることを。

「佐助《さすけ》どの！」

はしっていると、うしろから声《こえ》が聞《き》こえてくる。

するとその一瞬《いっしゅん》あと、ホームベースの前《まえ》にたつ猿飛佐助《さるとびさすけ》が、守備《しゅび》からかえってきたボールを受《う》けとって、ムチのようにすばやく、はしりこんでくるぼくに視線《しせん》を飛《と》ばした。そして腕《うで》をまわすように、ぼくにグラブをぶつけてくる。

あれにタッチされたら、もうアウトだ。でも……。

でも、いくぞ！　負《ま》けられない理由《りゆう》が、ぼくにはある！

「たあっ！」

ぼくはふみこんだ足《あし》にぎゅうっと力《ちから》をいれると、そのまま腕《うで》をのばして頭《あたま》からホームに飛《と》びこんだ。

――いけるはずだ。これは絶対《ぜったい》にセーフになる！

トン！

腰《こし》のあたりに、グラブでタッチされた感覚《かんかく》がある。

その猿飛佐助《さるとびさすけ》の動《うご》きは思《おも》っていたよりも速《はや》かったけれど、でもぼくがのばした手《て》は、きっとそれより少《すこ》しはやく、ホームにふれていたはずだ。

――どうだ？

今日《きょう》一番《いちばん》のはげしいプレーに、あたりにはもうもうと砂《すな》けむりがまいあがった。

ぼくと猿飛佐助《さるとびさすけ》はむせてしまいそうな空気《くうき》の中《なか》、バッと頭《あたま》をあげて視線《しせん》を赤鬼《あかおに》に集中《しゅうちゅう》させた。きっと、おたがいが自分《じぶん》の勝《か》ちを信《しん》じていたけど、

「セーフ！　セーフ、セーフ！」

「やったあ！」

赤鬼《あかおに》の両手《りょうて》は横《よこ》にひろがって、軍配《ぐんばい》はぼくに、ファルコンズにあがった。おもわず片手《かたて》をあげて飛《と》びはねると、むこうでは秀吉《ひでよし》も同《おな》じようにジャンプしていた。

それを見《み》てから、ぼくはうれしさをぼくはつさせるように三塁《るい》へかけより、「ありがとう！」といって、秀吉《ひでよし》とハイタッチをかわす。そしてぼくたちを待《ま》ってから、審判《しんぱん》がコールをひびかせた。

「ゲームセット！」

忍者VS武将　いんねん対決

桶狭間ファルコンズ逆転勝利!!!

忍者VS戦国武将 勝敗のカギは豊臣がにぎる

琵琶湖 4-5 桶狭間

時代を超えたいんねんの対決

戦国武将の野球対決。のぞんだファンも多かったことだろう。忍者集団、琵琶湖シュリケンズもまた地獄甲子園で優勝し、時代を変えようと意気を高めているチームのひとつだ。スキのない野球で知られるシュリケンズは、1回、雑賀がヒットで出塁すると、3番の霧隠もそれにつづく。そして猿飛に打席がまわると、この4番打者がまさかのスクイズ。山田の野選を誘い雑賀が生還。これで1点を先制ると、2回、4回と小刻み点をかさねて計4得点。持を発揮してファルコンズをはなした。しかし、だまっまやられないのが桶狭間コンズだ。4回に反撃しをもぎとると、最終回にのタイムリーに山田の激伝い、一気に2得点。ヨナラ劇を演出した。

第3種郵便物認可

地　獄　新　聞

気迫のヘッドスライディングでサヨナラホームの山田

◇地獄甲子園　42,000人

2回戦　2勝0敗										
琵琶湖	1	1	0	2	0	0	0	0	0	4
桶狭間	0	0	0	3	0	0	0	0	2x	5

勝 山田
敗 霧隠
本 風魔①

1点を追う桶狭間は9回に織田が勝ちこしの2点タイムリー。琵琶湖はレフト、鼠小僧の拙守が響き、微妙なタイミングだった山田の生還を許した。織田は全打点を叩きだす活躍。

琵琶湖	打	安	点	本	率
(中)松尾芭蕉	5	2	1		.400
(遊)雑賀孫市	5	2	0		.400
(投)霧隠才蔵	5	2	0		.400
(捕)猿飛佐助	5	0	1		.000
(二)児雷也	4	0	0		.000
(右)望月千代女	3	2	0		.667
(左)鼠小僧	3	0	1		.000
(三)風魔小太郎	4	2	1	①	.500
(一)服部半蔵	4	1	0		.250

桶狭間	打	安	点	本	率
(中)井伊直虎	4	2	0		.500
(遊)毛利元就	4	1	0		.250
(右)本多忠勝	5	1	0		.200
(一)織田信長	5	2	5		.400
(二)真田幸村	4	2	0		.500
(捕)徳川家康	4	1	0		.250
(左)前田慶次	4	0	0		.000
(三)伊達政宗	4	2	0		.500
(投)山田虎太郎	2	0	0		.000

投手	回	打	安	振	球	責
[illegible]	9	40	11	7	1	4

全打点をたたきだした織田

○織田信長（桶）

4回に3点、9回に2打点をはなつ。
4回に3点、9回に2打点をはなつ。両方とも満塁だっ
「打点がついた打席は、両方とも満塁だっ
まずは出塁した選手をねぎらいたい」

9回を投げきった

○山田虎太郎（桶）

小技に苦戦も5回以降は無失点。
「ちょっと自分にスキがあって失点して
しまいました。これからは気をひきしめ

4点のリードを守れず

●霧隠才蔵（琵）

最後は守備のまずさも。
「守備は関係ない。打たれたから負に
いさぎいい一言で話を終える。

いました」とは、9
見せた山田だ。関係
「カギをにぎってい
どのだった。勝てた
方仕事にてっして、
集めてくれたおか
当の豊臣は「裏方
んの仕事。選手へ
への声援でもあ

「おぬしらの仕事《しごと》のむずかしさ、思《おも》い知《し》ったわい」

秀吉《ひでよし》が手《て》をさしだすと、

「いや、おれたちもムキになりすぎてたんだ。悪《わる》かった」

猿飛佐助《さるとびさすけ》が、その手《て》をにぎった。

まだまだどよめきがのこる、試合《しあい》のあとの地獄甲子園《じごくこうしえん》。

もう両軍《りょうぐん》ならんでのあいさつはすんでいたけど、客席《きゃくせき》はまだ満席《まんせき》に近《ちか》い状態《じょうたい》でうまっていた。ほとんどのお客《きゃく》さんが帰《かえ》っていない。いや、帰《かえ》っていないどころか、お客《きゃく》さんのほとんどはたちあがって腕《うで》を空《そら》につきあげ、

「シュリケンズ！」

「ファルコンズ！」

「シュリケンズ！」

「ファルコンズ！」

と、交互《こうご》にチーム名《めい》を呼《よ》んで、いい試合《しあい》をしたご褒美《ほうび》のように、ぼくたち両方《りょうほう》のチームをたたえてくれていた。

そしてこの声援《せいえん》が無事《ぶじ》に聞《き》けたのは、出場《しゅつじょう》した選手《せんしゅ》だけじゃなくて、球場《きゅうじょう》スタッフや審判《しんぱん》なんかの、裏方仕事《うらかたしごと》をしたひとのおかげなんだろうと思《おも》えた。いまならなんとなく、それがわかる気《き》がした。

「虎太郎《こたろう》クンも」

マウンドのあたりで観客席《かんきゃくせき》を見《み》まわしていると、霧隠才蔵《きりがくれさいぞう》が声《こえ》をかけてくる。

「いい勝負《しょうぶ》だった。まさか負《ま》けるとは思《おも》わなかった」

「うん。でも秀吉《ひでよし》さんがいなきゃ、けっこう危《あぶ》なかったよ。裏方仕事《うらかたしごと》って、大事《だいじ》なんだね。ぼく、思《おも》い知《し》った」

「そうか。そう思《おも》ってくれると、わたしはうれしい」

霧隠才蔵《きりがくれさいぞう》は、ちょっと困《こま》ったようにわらった。

「でも、残念《ざんねん》だけど歴史《れきし》は変《か》えられなくなったね。忍者《にんじゃ》が表舞台《おもてぶたい》にたてることはなくなったけど……」

ちょっと申《もう》しわけない気持《きも》ちでいうと、

「そんなこと、もういいんだ」

猿飛佐助《さるとびさすけ》が、ぼくの近《ちか》くまできていった。

「おれたちも意地《いじ》になってた。本当《ほんとう》ならこれでいいのに」

「これで？」

聞《き》くと、

「これだよ」

と、猿飛佐助《さるとびさすけ》は、降《ふ》りそそぐ大声援《だいせいえん》を指《さ》すように、まわりを見渡《みわた》した。

「ついわすれてしまっていたが、おれたちの本当《ほんとう》の仕事《しごと》は、表舞台《おもてぶたい》にたってほめてもらうことじゃない。裏方《うらかた》にてっして、こんなふうに表舞台《おもてぶたい》の人間《にんげん》をかがやかせることなんだ。

……それに」

「それに？」

聞《き》きかえすと、猿飛佐助《さるとびさすけ》はてれくさそうに、指《ゆび》でほっぺたをかいた。

「おまえたちみたいに表舞台《おもてぶたい》の人間《にんげん》が、ちゃんとおれたちのことをわかってくれていたら、もうそれでいいんだ。いくら裏方仕事《うらかたしごと》でも、なんとも思《おも》われてないのは悲《かな》しいからな。そのことで、ちょっと頭《あたま》に血《ち》がのぼってたんだ」

「うん。……ぼくも信長《のぶなが》さんに、それを教《おそ》わった。これからは、現世《げんせ》に帰《かえ》ってもちゃんとする。ぼくたちは一心同体《いっしんどうたい》。車《くるま》の車輪《しゃりん》なんだって」

ぼくがいったら、猿飛佐助《さるとびさすけ》は手《て》をのばしてきた。ぼくはそれをグッとにぎって、そしておたがいにわらいあった。

表舞台《おもてぶたい》でかがやくのも、裏方《うらかた》でそのかがやきをつくるのも、どちらもとても大切《たいせつ》な仕事《しごと》なんだ。ぼくたちはそのことにほこりを持《も》って、おたがいを尊敬《そんけい》しないといけない。

考《かんが》えてみるとあたり前《まえ》のことなのに……。

今回《こんかい》の試合《しあい》で、ぼくは大切《たいせつ》なそのことを勉強《べんきょう》できた。

「虎太郎《こたろう》」

猿飛佐助《さるとびさすけ》たちと別《わか》れると、信長《のぶなが》が話《はな》しかけてきた。

「シュリケンズは、手《て》ごわかったか？」

「うん。……すごく」

「そうか」

信長《のぶなが》はいって、腕《うで》をくむ。

「ワシの予言《よげん》はどうだ。あたったか」

「予言《よげん》？」

「秀吉《ひでよし》への礼《れい》じゃ」

「あ、うん。あたった。試《し》合《あい》が終《お》わって、すぐだった」

「そうか」

信長《のぶなが》はこたえると、

「いいか、虎太郎《こたろう》よ」

と、ほんの少《すこ》しだけ顔《かお》をほころばせて、ぼくの目《め》を見《み》た。

「ワシらが生《い》きておったころは、忍者《にんじゃ》なしに天下《てんか》はねらえぬ時代《じだい》じゃった。歴史《れきし》に名《な》をのこしたのはワシらだが、名《な》をのこせたのは忍者《にんじゃ》たち、いや、ワシらを支《ささ》えたすべての人間《にんげん》たちのおかげじゃ。教科書《きょうかしょ》にのっているワシらの名前《なまえ》には、みんなの苦労《くろう》がひそんでいる。この応援《おうえん》のようにな」

信長《のぶなが》は降《ふ》りそそぐ声援《せいえん》を聞《き》きながらいった。

「――うん。今日《きょう》はそれがわかった」

「なら、もういわんでいいな。貴様《きさま》が現世《げんせ》に帰《かえ》ってするべきことを」

「もちろんだよ」

「期待《きたい》している。今日《きょう》のことをわすれるな」

ぼくたちは大声援《だいせいえん》の中《なか》、そんな話《はなし》をした。

そう。ぼくには現世《げんせ》に帰《かえ》って、やらなきゃいけないことがある。ぼくはこれまで、あまりにも自分《じぶん》を勘《かん》ちがいしていたから。

人《ひと》という字《じ》は支《ささ》えあって、できている。

これは信長《のぶなが》がぼくに教《おし》えてくれた、とても大事《だいじ》なことだ。誰《だれ》かに支《ささ》えられてるぼくは、誰《だれ》かの支《ささ》えにならなきゃ。

そう思《おも》って自分《じぶん》の手《て》を見《み》つめていると、

「じゃあ、虎太郎《こたろう》クン。もう現世《げんせ》に帰《かえ》ろっか」

ヒカルが「コンビニいこっか」みたいな気軽《きがる》さで、声《こえ》をかけてきた。こんな調子《ちょうし》じゃ、また地獄《じごく》に呼《よ》びだされてしまいそうだ。

ぼくはにがわらいをうかべながら、

「うん。おねがい」

と、返事《へんじ》をした。

するとヒカルは目《め》をほそめてにっこりとうなずき、そして背中《せなか》の羽《はね》をパタパタとあおぐようにはばたかせる。風《かぜ》にふかれた地獄甲子園《じごくこうしえん》の土《つち》はしだいにまきあがっていき、おだやかにぼくの体《からだ》をつつみこんだ。

そしてやがてぼくの意識《いしき》はまるで温《あたた》かい光《ひかり》にてらされるように、気持《きも》ちよくうすらいでいった。

ああ、もう少《すこ》しで現世《げんせ》に帰《かえ》れるんだ。

そう思《おも》っていると、

「虎太郎《こたろう》！　また勝負《しょうぶ》するって！」

こっちに鉄砲《てっぽう》をむけ、ぼくをビビらせる雑賀孫市《さいかまごいち》の声《こえ》が聞《き》こえてきて、

「今度《こんど》、一緒《いっしょ》に筋《きん》トレしよーね♡」

という望月千代女《もちづきちよめ》の声《こえ》もひびき、

「シュリケンズ　つわものどもが　夢《ゆめ》のあと」

やっぱり季語《きご》をいれていない松尾芭蕉《まつおばしょう》の俳句《はいく》が耳《みみ》に届《とど》くと、さいご、

「じゃあ、またね。虎太郎《こたろう》クン」

ヒカルのちょっと切《せつ》ない声《こえ》が、さしあたり地獄《じごく》で聞《き》いたさいごの声《こえ》だった。

シリーズも
あつめて早し
10巻め

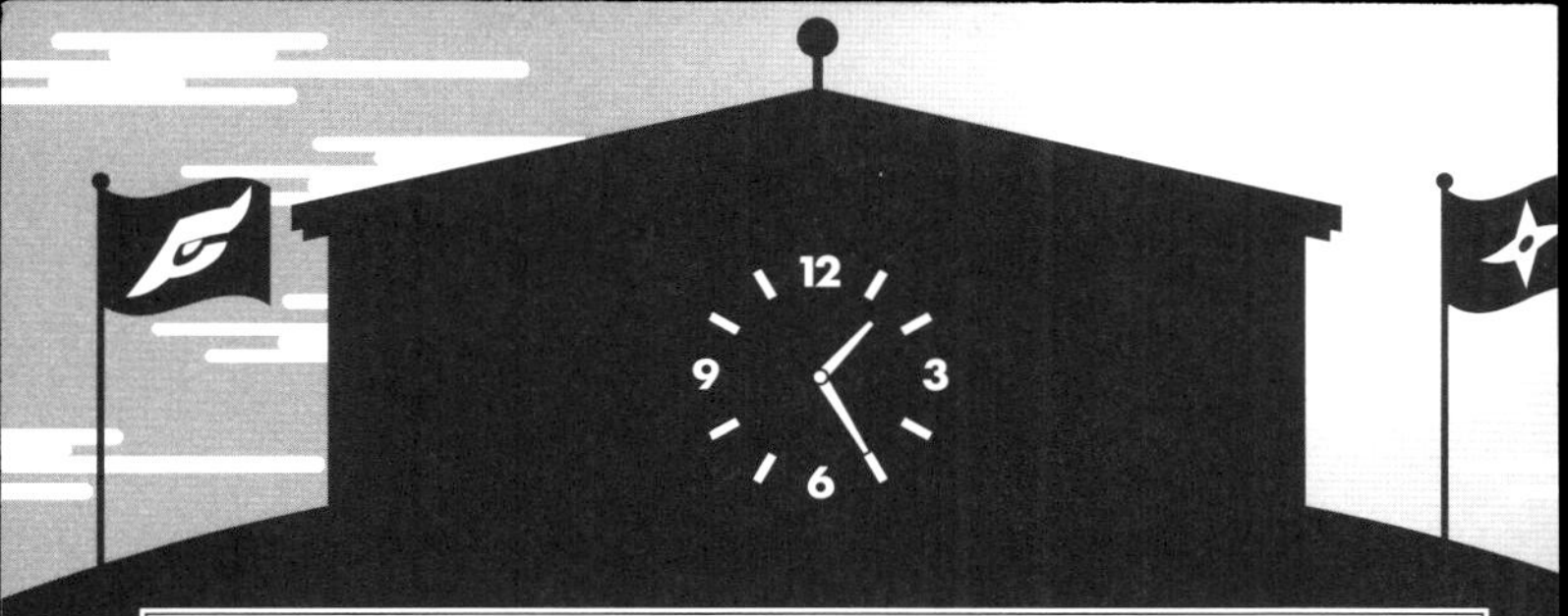

5章《しょう》 光《ひかり》と影《かげ》

	1	2	3	4	5	6	7	8	9	計	H	E
琵琶湖	1	1	0	2	0	0	0	0	0	4	11	0
桶狭間	0	0	0	3	0	0	0	0	2x	5	11	0

OKEHAZAMA Falcons

1	井伊	直虎	中
2	毛利	元就	遊
3	本多	忠勝	右
4	織田	信長	一
5	真田	幸村	三
6	徳川	家康	捕
7	前田	慶次	左
8	伊達	政宗	二
9	山田虎太郎		投

B
S
O

UMPIRE

CH	1B	2B	3B
赤	青	黒	桃
鬼	鬼	鬼	鬼

BIWAKO SHURIKENS

1	松尾	芭蕉	中
2	雑賀	孫市	遊
3	霧隠	才蔵	投
4	猿飛	佐助	捕
5	児　雷　也		三
6	望月千代女		右
7	鼠　小　僧		左
8	風魔小太郎		二
9	服部	半蔵	一

一週間後《いっしゅうかんご》の現世《げんせ》

ピカピカに晴《は》れあがった日曜日《にちようび》。今日《きょう》はぼくがいるチームの試合《しあい》の日《ひ》だ。

ぼくが河川敷《かせんじき》にあるいつものグランドにいくと、

「あれっ」

そこはもうトンボがかけられていて、土《つち》がならされていた。いつもはちょっとよごれているベースも、いまはきれいにふかれている。しかもベンチを見《み》ると、いすもならべられていて、道具《どうぐ》もそろえてあった。

いったい誰《だれ》が……。

ぼくは一緒《いっしょ》にきていた友《とも》だちと、顔《かお》を見《み》あわせる。すると、

「いすとかベンチは、わたしたちがそろえたんだよ」

いつのまにきていたのか、母《かあ》さんが他《ほか》の子《こ》の親《おや》たちと一緒《いっしょ》に、そこで試合《しあい》の準備《じゅんび》をしてくれていた。

お茶《ちゃ》をいれたポットもあるし、いつもスコアブックをつけてくれている友《とも》だちの父《とう》さんも、もうバッチリそこにいる。

「いつもありがとうございます！」

友《とも》だちがそういって、ていねいに頭《あたま》をさげた。前《まえ》までだったら、あんまりなにも思《おも》わなかったぼくも、

「いつもありがとう！」

そういって、みんなにつづいて頭《あたま》をさげた。母《かあ》さんはちょっとビックリした顔《かお》をしたけど、すぐにもとの表情《ひょうじょう》にもどって、

「今日《きょう》もがんばってね！」

と、いった。

「うん！　がんばるよ。でも、グランドのトンボまで母《かあ》さんたちがかけてくれたの？　服《ふく》もよごれるし、それはぼくたちがするのに」

ぼくが聞《き》くと、母《かあ》さんは首《くび》を横《よこ》にふった。

「それは、ちがうわ。グランドにトンボをかけたり、ベースをふいたりっていうのは、あ

の子《こ》がしていたわよ」

母《かあ》さんはグランドのはしにいる子《こ》を指《ゆび》さした。それは先週《せんしゅう》、ぼくがケンカしてしまった友《とも》だちだった。

「…………」

ぼくはだまって、その友《とも》だちを見《み》つめる。

「どうしたの、虎太郎《こたろう》」

「ううん。ちょっと」

ぼくは母《かあ》さんに返事《へんじ》をしてから、

「ちょっと、いってくるね」

そうつづけて、グランドのすみまではしっていった。目《め》のはしに、母《かあ》さんのわらった顔《かお》が見《み》えた。

友《とも》だちのそばに足《あし》をすすめると、

「なんだよ」

その子《こ》はちょっとけわしい目《め》で、ぼくをにらみつけた。

「いや、えっと。グランド、トンボかけてくれたんだね」

「ああ」

友《とも》だちは、ぼくのほうに体《からだ》をむけた。

「試合《しあい》がちゃんとできるように、そんでチームが勝《か》つように裏方仕事《うらかたしごと》をするのは、おれたちひかえの役目《やくめ》だからな。みんなよりはやくきて、いつもやってるさ。まあ、虎太郎《こたろう》にはわからない……」

「ごめんね」

ぼくは友《とも》だちの言葉《ことば》をさえぎって、あやまった。

「ぼく、わからなかったんだ。裏方仕事《うらかたしごと》の大切《たいせつ》さ。でも少《すこ》し前《まえ》に、大事《だいじ》なひとからそれを教《おし》えてもらって。だからあやまらなきゃって、この間《あいだ》から思《おも》ってた」

「そ、そうか……」

「うん。だから。それと、いつもありがとう」

「もういいよ。ただし……」

友《とも》だちはぼくの顔《かお》をのぞきこむ。

「試合《しあい》には勝《か》てよ。絶対《ぜったい》だからな」

「うん。レギュラーの座《ざ》はまだゆずれないしね」

ぼくはわらってこたえて、ベンチにもどっていく。

さあ、もう少《すこ》ししたら、試合《しあい》がはじまる。

そこでは気持《きも》ちのいいグランドで、みんながいいプレーを見《み》せてくれるだろう。それはぜんぶ、友《とも》だちや母《かあ》さんたちの裏方仕事《うらかたしごと》のおかげだ。

だからぼくたちは、それにこたえてかがやかなきゃいけない。

それがぼくたちの仕事《しごと》なんだから。

ぼくはそう思《おも》いながら、晴《は》れわたった空《そら》をながめてみる。

——ねえ、そうでしょ？

問《と》いかけるようにこころの中《なか》でつぶやくと、そこにあった雲《くも》は信長《のぶなが》の顔《かお》そっくりに姿《すがた》を変《か》えて、

「そのとおりじゃ！」

いつもの威厳《いげん》のある声《こえ》を、ぼくの中《なか》にひびかせた。

本作品《ほんさくひん》に登場《とうじょう》する歴史上《れきしじょう》の人物《じんぶつ》のエピソードは諸説《しょせつ》ある伝記《でんき》から、物語《ものがたり》にそって構成《こうせい》しています。

集英社みらい文庫

戦国《せんごく》ベースボール

忍者軍団参上《にんじゃぐんだんさんじょう》！vs《バーサス》琵琶湖《びわこ》シュリケンズ

りょくち真太《しんた》 作

トリバタケハルノブ 絵

ファンレターのあて先
〒101-8050 東京都千代田区一ツ橋2-5-10 集英社みらい文庫編集部
いただいたお便りは編集部から先生におわたしいたします。

2017年 7月26日 第1刷発行

発行者 北畠輝幸
発行所 株式会社 集英社
〒101-8050 東京都千代田区一ツ橋2-5-10
電話 編集部 03-3230-6246
読者係 03-3230-6080
販売部 03-3230-6393（書店専用）
http://miraibunko.jp
装丁 小松 昇（Rise Design Room） 中島由佳理
印刷 大日本印刷株式会社 凸版印刷株式会社
製本 大日本印刷株式会社

★この作品はフィクションです。実在の人物・団体・事件などにはいっさい関係ありません。

ISBN978-4-08-321384-7 C8293 N.D.C.913 188P 18cm

どんどん拡《かく》大《だい》中《ちゅう》!!

『戦《せん》国《ごく》ベースボール』第《だい》11弾《だん》は…

3回戦《かいせん》の相手《あいて》は

日光《にっこう》ショーグンズ

VS《ブイエス》 徳《とく》川《がわ》一《いち》族《ぞく》！

吉宗《よしむね》が… 綱吉《つなよし》が… 家光《いえみつ》が…!?

ファルコンズに挑戦状《ちょうせんじょう》をたたきつける！

そして、家康《いえやす》は…!?

2017年《ねん》11月《がつ》

発《はつ》売《ばい》予《よ》定《てい》!!

戦国《せんごく》ベースボール
SENGOKU-BASEBALL
みなのもの まんがもヨロシク たのむぞ!
最強《サイキョー》ジャンプで『戦《せん》国《ごく》ベースボール』まんが
絶《ぜっ》賛《さん》連《れん》載《さい》中《ちゅう》!

「みらい文庫《ぶんこ》」読者《どくしゃ》のみなさんへ

言葉《ことば》を学《まな》ぶ、感性《かんせい》を磨《みが》く、創造力《そうぞうりょく》を育《はぐく》む……、読書《どくしょ》は「人間力《にんげんりょく》」を高《たか》めるために欠《か》かせません。

たった一枚《いちまい》のページをめくる向《む》こう側《がわ》に、未知《みち》の世界《せかい》、ドキドキのみらいが無限《むげん》に広《ひろ》がっている。

これこそが「本《ほん》」だけが持《も》っているパワーです。

学校《がっこう》の朝《あさ》の読書《どくしょ》に、休《やす》み時間《じかん》に、放課後《ほうかご》に……。いつでも、どこでも、すぐに続《つづ》きを読《よ》みたくなるような、魅力《みりょく》に溢《あふ》れる本《ほん》をたくさん揃《そろ》えていきたい。読書《どくしょ》がくれる、心《こころ》がきらきらしたり胸《むね》がきゅんとする瞬間《しゅんかん》を体験《たいけん》してほしい、楽《たの》しんでほしい。みらいの日本《にほん》、そして世界《せかい》を担《にな》うみなさんが、やがて大人《おとな》になった時《とき》、「読書《どくしょ》の魅力《みりょく》を初《はじ》めて知《し》った本《ほん》」「自分《じぶん》のおこづかいで初《はじ》めて買《か》った一冊《いっさつ》」と思《おも》い出《だ》してくれるような作品《さくひん》を一所懸命《いっしょけんめい》、大切《たいせつ》に創《つく》っていきたい。

そんないっぱいの想《おも》いを込《こ》めながら、作家《さっか》の先生方《せんせいがた》と一緒《いっしょ》に、私《わたし》たちは素敵《すてき》な本作《ほんづく》りを続《つづ》けていきます。「みらい文庫《ぶんこ》」は、無限《むげん》の宇宙《うちゅう》に浮《う》かぶ星《ほし》のように、夢《ゆめ》をたたえ輝《かがや》きながら、次々《つぎつぎ》と新《あたら》しく生《う》まれ続《つづ》けます。

本《ほん》を持《も》つ、その手《て》の中《なか》に、ドキドキするみらい――。

本《ほん》の宇宙《うちゅう》から、自分《じぶん》だけの健《すこ》やかな空想力《くうそうりょく》を育《そだ》て、〝みらいの星《ほし》〟をたくさん見《み》つけてください。

そして、大切《たいせつ》なこと、大切《たいせつ》な人《ひと》をきちんと守《まも》る、強《つよ》くて、やさしい大人《おとな》になってくれることを心《こころ》から願《ねが》っています。

２０１１年《ねん》　春《はる》

集英社《しゅうえいしゃ》みらい文庫編集部《ぶんこへんしゅうぶ》